冬眠

萧 芷 ◎ 著

深圳出版社

图书在版编目（CIP）数据

冬眠 / 蘅芷著 . -- 深圳：深圳出版社，2024.3
ISBN 978-7-5507-2526-3

Ⅰ . ①冬… Ⅱ . ①蘅… Ⅲ . ①中国文学 - 当代文学 - 作品综合集 Ⅳ .
① I217.2

中国国家版本馆 CIP 数据核字 (2023) 第 242946 号

冬 眠
DONGMIAN

出 品 人　聂雄前
策划编辑　韩海彬
责任编辑　杨雨荷　杨跃进
责任校对　董治钥
责任技编　郑　欢
封面设计　熹　微

出版发行　深圳出版社
地　　址　深圳市彩田南路海天综合大厦　（518033）
网　　址　www.htph.com.cn
订购电话　0755-83460239（邮购、团购）
排版设计　深圳市无极文化传播有限公司　Tel：19168919568
印　　刷　深圳市华信图文印务有限公司
开　　本　889mm×1194mm　1/32
印　　张　6.75
字　　数　140千
版　　次　2024 年 3 月第 1 版
印　　次　2024 年 3 月第 1 次
定　　价　36.00 元

一个人的冬眠……

目录

I 水库 001

II 秋光 041

III 落日 079

IV 云游 109

V 酒庄 173

VI 大海 197

后记 208

I

水库

▲ 广东深圳·梅林水库

　　知道自己在做梦，而你在我梦境的边缘，是入梦，还是醒来？

　　你有没有在梦中做梦？为何我总在你宁静的水面上滑行？在你紫色的雾气里栽种星星，在你飘飞的白云里听到天外的声音？是你在我梦里，还是我在你梦里，还是我们都在另一个宇宙的梦里？

　　神灵亲吻太阳，万物充满奇异的辉光。翠绿的倒影，有薄荷的清香。神秘的水波，有雏鸟的呢喃。沙石描绘纺锤体波浪，林木与印象派交流光芒。是什么力量，改变脑磁场？

　　湖岸的岩石记录意识流过的痕迹，水边的青草藏着往事的气息，古老的荔枝林浮现灵魂深处纠缠的暗影，青翠的藤蔓缠绕无边的思绪。一切如此安宁，展示着造物主的神奇。

　　无比的喜悦包裹着我，又不知喜悦去向何方，仿佛置身天堂。只有当下，只有眼前，美呀，请你停留一下！我听到了浮士德的呼唤。

　　水库，我的梅林水库，你让我平静地理解万物，你是我在这世上的安宁。你用存在的本真帮我抗拒世界的虚拟。

2022-10-27

当我认识了一棵树

它立刻变得珍贵和特殊

这是非洲楝，又叫乌檀木

喜光喜温暖、抗风抗大气污染

却被工人种在了阴处

好多年了，又小又瘦

歪扭脖子蓬头乱发

不知是对脚下的乌毛蕨生气

还是对错挂成"国庆花树"牌愤怒

库区的老主人是马占相思

豆科、金合欢属

有高大的身躯

新月般的叶片

黑褐色木质的旋荚

如莫比乌斯环纠缠

在夏天的雨中

荚果如一串串铜钱铺满道路

仿佛通往另一个宇宙

认识一棵树比认识一个人

无需更充足的理由

2020-12-13

3

太阳高举着我的灵魂

在森林里奔跑

榄仁树清空了黄叶

铺展出脉络聆听远方

榕树的气根如绳索

又回到生长的土壤

紫藤织出美丽的帘幕

听心中的鸟儿歌唱

灌木横斜的藤蔓

自带悬浮的力量

构树、朴树、苹婆……

张望着波浪和清风

地球在加速，一天在变短

我认识的树在增多

忘了星星和月亮

每天跟太阳和树木交谈

2021-02-16

水边的树绿得如烟
鸟儿把歌声藏里面
溪水穿过丛林和礁石争吵
入湖时仍带着清澈的礼貌
古荔树披散着狰狞的长发
播撒金币把自己照耀

假想自己是哈利·波特
大自然为你披上了隐形衣
自我与时间一起消失
意识的精灵在森林中舞蹈

2021-08-16

啄木鸟敲打着节拍器
以前在林子深处听到它的声音
总有与之起舞的热情
现在院子里也有它枯燥的节奏
是在追随我吗？
但我失去了与它合拍的欲望

这感觉像读一首诗
只记得读时的美妙
重读时成了晒干的葡萄
这感觉又有点像病毒
悄无声息篡改我们
渐入冬眠失去美好
鸟儿驮着黯淡的星光
引我去哪儿寻找梦想？

2022-05-09

芦苇 6

多少个美好的清晨

我们一起思考

脆弱、温和、理性地

探讨这个世界的走向

谦卑、韧性地

倾听大树们空洞的交谈

捕捉枝叶间滴露的阳光

寒冬中的你们

头颅低垂、容颜枯黄

仿佛禅修入定

却定在了一个糟糕的时光

"我不愿跟这世界走

我不愿活在谎言中"

脑海里回荡着年轻歌手的呐喊

醒来吧，会思考的芦苇

让世界制造的破烂

统统见鬼

2021-01-29

7 | 失 忆

进入我的库区

到处是风雕刻的痕迹

奔跑制造了内啡肽

闪亮的露珠滴落成诗句

鸟儿衔来灵光

草木沐浴仙气

而你只闻到尘土的气息

人的衰老

第一步失去嗅觉

第二步失去记忆

失去的同时

泥土和灵魂深处的东西

都在顽强地生长

你便记起了第一次来这里的神奇

2022-02-10

落叶将记忆覆盖

一片漆黑或猩红的叶子

企图将它点燃

白云不再评判天空

相思树枯萎了对未来的渴望

古藤俯瞰水波

思考湖岸岩石的纹理

树木将时间和石头放在一起

你把自己的时间也放了进去

然后在灰蒙蒙里遗忘

你知道风会把它们带到远方

2022-01-09

9 早春的小叶榄仁

阳光下我站得笔直
若在阴暗的山坳
我会冒着被风折断的危险
扑向光明
很多东西可以发光
如箔纸、金属、炸弹
我不行
只能选择在太阳下表达思想

春天荔枝树更绿
木棉花燃烧得像火炬
而我还在清除自己的枯枝
向蓝天铺展网络
只为未来更清晰有力
原谅我苏醒得太慢
原谅我对这个世界充满恐惧
也原谅身边患腐心症的相思树
努力用年轮保持记忆

2022-03-09

清晨在林子里巡视，会对生命生出一种奇怪的感觉。夜晚人的灵魂会去哪儿？你的灵魂会到林子里来吗？会附在白鹭上吗？你看它们，实际上是在看另一个自己？或者你的精气神就在这些熠熠发光的枝叶上，在晶莹的露珠里，在充盈的湖水里。清晨你采集自己，然后在一杯绿茶的香气中，让它们变成文字。

那些文字有点像鸟儿把它的骄傲写在蓝天，像撑开绿伞的小叶榄仁，用它无数的小小的琵琶叶演奏；像日常悄无声息的假苹婆，突然挂出巨大的红五星花朵，绽开了里面又黑又亮的种子。不过你觉得你现在写的东西更像枯萎发呆的芦苇，入定了两年还未醒来。

当然，你希望自己是只啄木鸟，有时也把自己当成水帘洞的妖精，透过绿色的帘幕眺望神奇迷蒙的仙境。你知道人活在这世上，必须像太阳，努力驱散阴霾，散发明亮和热情的光芒。

在晨光里冥想，与树和石头沉醉于梦想，让白鹭抚摸不切实际的镜像。阳光透析你，湖水照见路上肆意生长的思绪。时间在此停滞。

2022-04-06

11

夏天走进森林里，又嗅到了那奇异的芳香。你等待这香味很久了。

因为春分后，你进到这林子里什么也闻不到。雏菊的清香、青草的气味……树林里独特的气息都没有了，只有干燥的灰尘味。这气味是灰白色的，和天空一样死气沉沉。你怕嗅觉失灵，每天把醋和花生酱对比着闻，比较花生酱的气味盖过醋的味道没有？拿出儿子留在家的酒鼻子，发现自己尚能分辨出草莓味、青椒味、胡椒味、烟熏味。

林子里灵异的香味，有无法言说的美妙。若香气没飘来，便伫立于此，执意寻找。十几年了，每次走到此就能闻到奇异的芳香，它唤醒你生命中无数个清晨。它修复你的细胞、治愈你的悲伤，将生命中的瞬间变成永恒。

几场大雨过后，这林子蓬蓬勃勃繁盛起来，芬芳四溢。尽管病毒在蔓延变异，有人因此丧失嗅觉味觉。或许有一天病毒会重塑人类，让人变得无知无觉。但现在你还能闻到这世上奇异的香味，请珍惜吧！

嗅觉让你有强烈的好奇心。人类的鼻子能认知和记忆上万亿种不同的气味，它是怎么做到的？这气味是由物质的分子结构决定的，还是由鼻子的生理因素或大脑神经决定的？你想起苏轼的《琴诗》："若言琴上有琴声，放在匣中何不鸣？若言声在指头上，何不于君指上听？"东坡孩童般的好奇心是在追寻事物的本源，指向了主客观的哲学问题。气味分子和嗅觉神经同样如此，不过你觉得嗅觉比听觉更神秘。因为听觉还可以借助视觉看到物体之间碰撞，气味却没办法借助视觉让你看到气味分子内部是粒子还是光波的震动，所以嗅觉是我们感官中最神秘的部分。

四处弥漫奇异的灵香，滋润每一个细胞。终于找到了散发香味的树，名阴香，樟目樟科植物，别名阴草、土肉桂、假桂枝、山桂、月桂等。每次嗅到那缥缈不定的香味就抬头望向高处，看到的是凤凰木、小叶榄仁。没有细看歪着身子藏在暗处，靠着相思树矮了一截的阴香。小心地摘下一片绿叶，叶脉为离基三出脉。将叶揉碎，散发出一股好闻的清香。但整座林子里的香味，却虚无缥缈，清新自然，纯粹且充满灵性，我无法把它描绘出来。

阴云潮湿的日子，阴香树的香味浓厚点。明晃晃的太阳照着反而闻不到，好像那香味儿被晒到蓝天白云里了，必须是天上的乌云像一个锅盖，如水蒸气蒸馏法，芳香物质从植物中与水一起汽化，这样走过它时才闻得到。

回到家里，打开玻璃瓶里的肉桂，嗅到了一点在林子里闻到的气味。

太阳可怜寂寞的花儿，从乌云里挤出沉重的笑，蜜蜂嗡嗡，提醒你闻不到花香了。

刚做好的面包，只有一点香味；刚切开的柠檬，只有一丝香气；刚沏好的绿茶，清香也瞬间消失。

绝望地找出儿子留在家里的酒鼻子，使劲地闻。草莓覆盆子的味儿还在，青椒和烟熏的味能闻到，可是松露、樱桃、紫罗兰和香草的味儿没了。

陪伴你三年的赋活呼吸精油，里面的山鸡椒果、柑橘、圆柚、乳香和小豆蔻的迷人香味也没了。

生活中仅存的这点美好感觉怎么都没了？难道你正变成一只无知无觉麻木迟钝的猪？

2023-01-14

地球上最古老的时间储存在苏铁里。苏铁，被人们誉为活化石。想想吧，苏铁是从侏罗纪沼泽中走出来的，从 2.7亿年前出现在地球上，就再也没有发生任何变化了，成为蕴含丰富信息的古代孑遗植物，是研究古生物学、古气候学、古地理学、种子植物起源的活化石。这是多么神奇的事。

虽然有科学家证明苏铁的历史没有那么久，认为现代地球上的苏铁是恐龙灭绝后才开始繁衍的。但在读了水库管理处高级工程师付主任谈苏铁保育的专著后，在看到被管理处工作人员精心照料的苏铁后，苏铁在我心里的神秘和悠久一点也没减少，反而更加强烈。梅林水库的苏铁保育，为拯救国家珍稀濒危植物探索了道路，这也是深圳生态文明的一张名片。

13

2020 年似乎没了春天和夏天，天空如一杯淡蓝的湖水，飘着冰块。

人是社会性动物。人的时间里充斥着社会活动，如果社会隔离和疏远令许多活动停止，大脑对时间的感知会和昆虫冬眠一样吗？

时间太奇怪了，仿佛受意识的扰动，墙上的钟似乎受你意识的影响。你急它也急，你慢它也慢。以前你急着出门，赶飞机、赶火车，还没忙完，时间就到了。现在你对它说不急啊，没什么事要急的。反正整天在家，你慢慢磨咖啡，慢慢听音乐，那指针也走得很慢。一旦时间对象即生活中的事件缺失，时间就停止了。

不管怎样，时间是相对的，可以在昆虫身上找到证据。昆虫是变温动物，对时间的感知要加上温度这个参照物。天气变热，蚂蚁的每秒钟变短；天气变冷，蚂蚁的每秒钟开始扭曲延长，直到失去知觉进入冬眠。

庄子就说："井蛙不可以语于海者，拘于虚也；夏虫不可以语于冰者，笃于时也。"人这种恒温动物，如果失去了社会生活，只面对电视、手机里的虚拟世界，会不会从中获得一种能力：冬眠。或许人类的冬眠正在启动。

2020-08-16

　　马占相思树患有腐心病，黑咕隆咚的洞里会有昆虫、野花、鸟巢吗？它们瞪着空洞的眼睛，好像在说我们不需要那些。那些有什么用？真正的深刻，就是空洞。我们用一种腐朽的方式记录时间。如果不是因为我们的枝干挡了人行道，被工人锯掉，谁能知道我们的内在。我们的身躯仍然伟岸，头顶灰绿的叶子，像风帆一样在迎风招展。我们站在向阳的坡上，脚下仍有深厚的土壤。

　　虽然我们根部全是蟋蚁，身上插着白旗，有的根系全部裸露，身体弯曲，随时可能砸到人的头顶；但并不妨碍我们像战车一样，在风中咆哮。人们仍然在用敬畏的目光看着我们。别忘了，腐败也是一种力量。

　　台湾小叶相思说，行道树几乎都被马占相思霸占，我们被栽种在它们后面。不像它们有一点风就炫耀头顶的绿冠，我们的身躯瘦小又纠结，枝干时而东时而西，扭曲地生长。但只要人们仰视，就能看到我们菊花般的细叶，把悠长的思念摇入万花筒，刻在天上。

　　小叶榄仁说，我们是新生代，天性正直沉稳，能和你们站在一起，甚至取代你们的一些位置，得力于林业工人绞杀了薇甘菊。而我必须创新，用我巨大的手掌铺展网络，获取信息。我们不太信你们鼓噪的那一套，但尊重你们的顽强生长，敬佩你们的历史。偶尔我们也用琵琶琴加入你们的演奏，但一定保持自己独立的姿势。

芦苇说，我们曾经多么勇敢地守护水源，现在却东倒西歪，蔫头蔫脑，好像还没有醒来。真不懂人类为什么要把自己比作会思考的芦苇？难道这就是"人类一思考，上帝就发笑"的原因？

榕树叶的芽苞，像挺立枝头的雏鸟，可今天它们在我眼里像一颗颗蓄势待发的子弹，让我害怕。

榕树说，我必须长成这样。炸裂时我的嫩叶像卷心菜在风中飞扬，夏天为人们摇落一地清凉。小叶榄仁的芽苞像芝麻和绿豆，夏天它们只用细小的琵琶叶演奏热浪。凤凰木的羽状叶像梳子，只会给太阳梳头，阳光丝丝缕缕如瀑布。只有我们保持独立宽阔的形状，上帝让我们在风中喃喃自语，把我们的守卫与呵护送给人类。我们对人类充满怜悯。

人以为自己强大，不过是不断显示自我毁灭的力量。人可以将战争打到太空。上帝赋予了你们能力，却没有让你们战胜自身的贪婪。

或许上帝看出了你们基因里的恶，变乱了你们的语言，把你们遣往四方，希望你们不要来往。你们却发明了轮船、汽车、飞机，让地球小得像一个村庄，却更容不下彼此。冲突隔阂不断，崇尚武力和征服，相信真理只存在于大炮射程之内。你们的结果是成千上万人的厮杀和死亡。

人啊，看我们脚下。有的植物喜爱潮湿黑暗中的自由，我就为它遮挡阳光；柔弱的藤蔓趴在我身上，我就支撑它们的梦想。我们不分大小强弱，互相扶持，和谐生长。

如果把地球46亿年历史压缩成一天。在夜晚10:24，地球上已覆盖着石炭纪的大森林，我们祖先的遗骸已变成了煤炭。而你们人类的出现在午夜十二点前1分17秒，也就是晚上 11:58:43，这是一天结束前的最后一分多钟。你们这灵长动物出现了。按这个比例，人类全部有记录的历史不过几秒钟长。但你们后来居上，不仅绞杀其他物种，还自相残杀、自我毁灭，变态又疯狂。等着末日审判吧，好人的灵魂才被植物收藏。

2022-03-11

今天的新闻是瘟疫和战争

往日的历史也是瘟疫和战争

人类跨越了几个世纪

人性却没有一点改进

历史的必然莫非就是

早已设计好的密码和基因

地球人的迷思莫非就是

造物主的玩物和试验品

如果有一天上帝也厌倦了

最后的收场：

一个疯子

按下核手提箱按钮

这就是你我的命运

你质疑造物主

为何对人如此设计

每个人知道自己的意识

却无法通达他人的意识

不知道成了炮灰和难民

失去家园是怎样的心情

互相恐吓

把核战备升级

一个冲动或误判
酿成的灾难无边无际

人视自己的思想为珍贵
不知多数情况是在胡言乱语
纠缠在自己体验的世界
脑神经链接并不清晰
各种信息组成宇宙的碎片
谁拥有整体视角的能力

人有自由意志吗
这或许是哲学的终极命题
造物主是否将一种计算植入人脑
然后就有了知觉和记忆
自由意志或许就是错觉
一切交给主安排吧
无需相信人的决定

一切似乎命中注定
但人类自以为掌控着命运
或许这是上帝设计我们时
留下的最后一丝怜悯

2022-03-03

走进森林清空杂念

那棵树是山毛榉

导弹划破乌克兰的夜空

有人欢呼，有人恐惧

你执着地想弄清

发动战争的人

神经是不是出了毛病

人是一个怪物

思想可以冻成冰

但血液必须流动

战争在瞳仁里闪烁

历史在头顶上飘浮

现实在未来里搅拌

未来在现实里模糊

上帝在想

为何不把人变成植物

2022-03

18

秋阳迟疑着
凝视下一秒的严冬
沉思人类会不会
在地球上炸出一个核洞
香炉的烟雾袅袅升腾
祈求和平、停止战争

少年时认识的高尔基
保尔·柯察金
卓娅和舒拉
青年时认识的
屠格涅夫
托尔斯泰
安娜·卡列尼娜
微笑着向你走来
接着他们化为难民
化为士兵的亡灵
愿艺术家的灵魂发光
点亮和平之灯

2022-10-21

　　小径在树林深处思考。思想写在纤细如画的树枝和灌木丛上。你停下脚捕捉它们的表情，它们一阵晃动，嘲笑你拿出手机。你便细看岩石上布满的青苔和不起眼的飞蓬，那是怎样的欲望？是怎样持续不断地为生存努力？它们不想成就任何伟大，只想活着，哪怕是在潮湿黑暗的泥土里卑微地活着。因此它们比人类存在更持久。

　　不禁想起那个希望上帝给他明天的士兵那绝望的眼神。

　　又想起了"法西斯"这个词？最近听欧洲史，才知道这个词最初源于意大利的小型的准军事运动，他们给自己的组织取名"法西斯"，意思是"群体"，字面意思是"捆"，来自古罗马象征秩序的"束棒"的拉丁文，认为"束缚"一起，才有力量。后来引申为"团结""统一"，再后来有了更多的意思。

　　身边这片自然林让你感受到真正的野性、恣意和无拘无束。乔木和低矮的灌木、芦苇和喜阴的蕨类以及各种野草、飞蓬……品种繁多，又无章可循。有半年都挂着鼓鼓囊囊红花的栾树，还有朴树、构树、假苹婆、枫树、樟树、肉桂、槭树、乌桕、羊蹄甲、鸭脚木……有人工栽种的，也有歪脖子歪脑、蓬头乱发自由生长的，一派天真，生机勃勃，很拥挤也很任性。这样天然的景观，思想是彻底的解放，绝对没有"法西斯主义"。

　　我知道树很神奇。它们与世界有着特殊的沟通方式，有自己的欲望，也能感知人的情绪。当人忧郁的时候走近它，它会用清香的气息治愈你。它甚至将自己树皮上的疤痕长成绿色的眼睛，教你学会注视自己的内心。那眼神又清澈又温和，又苍老又睿智，仿佛希望人和它们一样原地不动就能看到美丽。或许真有一天，人类会进化成一种长着脑袋又能光合作用的树，那样就少了残杀和战争。

树的精魂说：重返森林，自由呼吸。

▲ 广东深圳·梅林水库马占相思树

20 鸟儿

一只白色的鸟，在灰暗的水面上飞翔。我企图用意念引导它朝向我，它微微侧身，划过一道颤动的光。

啄木鸟的叫声像节拍器。那节奏仿佛出自我的身体，我便在风中跳荡。

不需言语，我们彼此相通，都被禁锢。在孤寂和发呆中，我们打发残冬，但此刻我有点憧憬北方的冰天雪地。

而鸟儿眼里珍藏着绿意，想念凤凰木梳理着淡绿的薄雾，想念温暖的阳光，想念夏天燃烧的太阳，像金钟把大地敲响。

许多年前，草丛里有觅食的麻雀，天空中有乌鸦乱叫，树上有坟堆样的薇甘菊。走过小径可以看到鸟的羽毛、血迹、尸体，那是它们厮杀格斗的痕迹。你魔怔般盯着那血污的神秘符号，想着是什么预兆。

现在薇甘菊已被人工清除，路上有无数勤劳的黑色蚂蚁。记起几年前在此遇见的一只像黑色闪电的鸟儿。它从身后冲刺而来，翅膀擦过你的耳朵，吓得你灵魂出窍。它并不穿枝越叶，而是贴着蜿蜒的山路灵巧快速地飞翔。好多年过去了，那矫健敏捷拐弯的姿态铭刻在我脑海。

鸟儿听到我的脚步声，飞到对面的丛林，展开翅膀的瞬间，一抹孔雀般的翠蓝绿色，令我屏住呼吸，无限神往。那是天堂里才有的颜色啊！它从哪里来？有黑色绸缎羽毛的鸟不是他的同类。白鸟，也不是它的朋友。这只蓝鸟一定是新来的。

过了两天，又看到那只蓝色的鸟。它停在坡下的树枝上，背部绿蓝绿蓝的，好像胖了一点，是上次的那只吗？不像。

　　第三次看到的才是。因为它在树林中与第一次见时在同一个位置，扇动着翅膀闪着一道道蓝幽幽的光。它身子长了一点，但很苗条。它从此定居在这里，只是起得有点晚，只有晚点来林子里才能见到。

21 卷尾鸟

卷云把阳光挤压，镶上了金边。湖水和山林有一种魔幻的美。

嗖的一声，鸟儿在我耳边拍着翅膀飞驰而过。"又是你，来找我玩的？"它栖息在高高的树上。我拿着手机拍它，它对着我俯冲过来。刚好太阳从云层中穿出，它扑闪的墨绿色的翅膀，画出一窝窝光波。我惊讶地忘了拍照。在它快撞到我额头时，掉头又飞回去了。这次它栖息在一根枯枝上，有蓝天衬托，很清晰。它左看看、右看看，任我绕着它前后左右地拍照。当我转身朝湖面方向，它又啪地一下飞过我耳边，然后躲在林子里。"你肯定很寂寞，把我当同类了，要不你就是个人来疯。明天见。"说完，我往回走，没走出几步，耳边又是嗖的一声，它追来了。我回头，它又藏进树林里。

今天快到林子的空地边，耳边一阵清风刮过，它又来了，却没看到它的身影。继续往前，它追过来飞得低一些，翅膀在我耳边拍得更响，然后栖息在高高的树枝上望着我。走了100多米回来，看见它正把另一只鸟赶跑，独自栖息在树枝上。显然这是它的地盘，似乎是为了证明它只和我玩。保安和清洁工人路过时，它立马飞进坡上的密林深处，看不见了。一个工人拿着吹筒清扫路面的落叶，噪声很大，它躲着不出来了。

你是谁？是谁的精灵？你脾气这么大，像我老爸。你是代他来守护我的吗？

走到大门口，遇到两个摄影者。我把拍的鸟的照片给她们看，她们告诉我应该是卷尾鸟。

我网上一查果然是卷尾鸟，其性格凶猛，繁殖期有非常强的领域行为，非繁殖期也常结群打斗。如果你不小心招惹它，它跟你没完，和你纠缠，追着你不放。

哈！我没伤害过它，相信这只卷尾鸟就是想和我一起玩的。

听着窗外的雷雨声，庆幸上午天晴的片刻去了库区。天光美丽，好多雏鸟在林间乱飞，忽然明白那只卷尾鸟这些日子是在守护它们。它今天仿佛失去了往日的热情，远远地与我打了个招呼，就藏在我看不见的地方了。我慢跑起来，来回几趟，卷尾鸟也只在我耳边盘旋两次，栖息在高高的绿叶丛中，不再理我。与它道别，它也懒得送我，好像灵气消失了。这以后再未见到它，希望神灵已在我的心中。谢谢它同我玩了一个多星期。

2022-06

| 水 库 033

22 蜘蛛去哪儿了？

今年，从六月开始就一直盼着树林里的蜘蛛出现。可是现在七月都已过完，转眼要立秋了，树林里一个蜘蛛都没看到。它们去哪儿了？

每年夏天它们在树枝透风的地方织网，随处可见大大小小闪亮的蛛网，展示着它们的梦想和希望。有单个漂亮的大蜘蛛，也有大小不一的一家子。有的蛛网粘住了小昆虫，有的蛛网捕获了正在挣扎的大虫子。有一次，我还用树枝救了一条被蛛丝吊着眼看要被吃掉的青虫。爱看自得其乐忙着织网的蜘蛛，或逗一下伏在角落里的懒蜘蛛。朝网上扔一截树枝或一片树叶，安静的它立刻奔过来，用它的八条腿全方位配合，三下两下就把网上粘着的枝条或树叶拨弄下来。蜘蛛的能干让我觉得神奇，乐此不疲地逗弄它。心想：谁让你不织网的？或许它们趴在网格上，在聆听宽叶草神奇的纹理谱写的乐章呢。我不该打扰他。

现在那些漂亮的蜘蛛去哪儿了呢？

难道是因为工人不再用扫帚？工人们拿着柴油吹筒每天在 3000 多米的小路上来回吹，排出难闻的油烟味，不亚于一辆小车的污染，那些蜘蛛产的卵或许因此早被熏死了。蜘蛛可是益虫啊！

终于看到了一只大蜘蛛。这是今年第一次看到，给它照了两张相。看上去不精神，是因为下雨吗？

跟库区的工作人员说到蜘蛛，他们也奇怪今年蜘蛛少了，说左岸那条路上也见不到蛛丝马迹。今年森林里蝴蝶蜜蜂都少了，盛大的蝉鸣也没听到，是不是物候现象推迟了呢？

树林里的鸟增多了。你看那些喜鹊立在电灯杆上叽叽喳喳叫个不停，难道是它们？

你是林子里最后一只蜘蛛

趴在自己的网上把世界观望

还有最后几天的闷热

然后是难耐的冬寒

明知想不明白这个世界

但你还是要想

趁活着寻找答案

你还给自己预备了

一条安全绳

需要时放出

在天空游荡

人类受你们启发

也创造了一张网

让虚假的变成了真实

让真实的变成了梦幻

网，会不会成为毁灭人类的力量？

现代社会是一张巨大的网，所有人都是网里的鱼，彼此厌倦，可还要虎视眈眈。

网上开会、购物、上课甚至旅游，开启了无接触模式。

如果病毒如专家医生所言，将与人类共存，人类是否正式进入虚拟世界？病毒是不是正在促进这一过程？如果孩子们习惯了上网课，久而久之，会不会模糊了虚拟世界和现实世界的区别，会不会认为虚拟世界比现实世界更真实？当足不出户，只通过电视、手机网络来了解外界，人是不是已被控制？人类社会本身就是充满各种虚构故事的，人类合作取决于真相与虚构之间的微妙平衡。

2021-08

冬
眠

治愈

　　当山顶冒出一点白色，我守着，直到一朵白云升起，有时飘出的是一座云山。当一片雪白的云里有一块奇异的蓝，我守着，直到洞开如天堂。云朵为何没有球或立方的形状，蓝天悠悠，藏有无数的梦幻。我信亲人的灵魂在飞翔。

夕阳用尽所有的余晖温暖着寒冬

收紧最后的光芒

把我们的身影投在大地

今天我亲爱的姨妈告别了这个世界

落叶与星星在寒水里行走

她老人家只想挪个地方晒太阳

去天堂寻找幸福的记忆

2022-12-23

冬往孤独的深处隐藏

太阳像熏黄的冥纸

裹挟了相思树郁闷的花香

火焰般燃烧的树叶下

灰白的花粉在风中飞扬

经久不息，浩浩荡荡……

老爸，在你生命的最后日子

我们能守在你的身旁
你临终对我说的：
"清晨起来，呼吸新鲜空气"
此刻我信你的灵魂和我一起
正看着那只白鹭在水面滑翔……
生命如水
岁月的风行走水上
抚摸历史的皱纹
也抚摸我的喜悦和忧伤
或许还有冥冥之中的圆满……

2021-11-19

知道你叫鬼针草而不叫雏菊

感觉你藏有一个意味深长的微笑

曾泪目看你

希望天堂的亲人安好

你脱去了洁白的花朵

在秋天伸出利爪

像某种精神

如放大的原子

聚集在你的针刺上

环伺四周的危机和险象

残破的花瓣绽现过去的灵光

但你早已穿越

此刻是另一时空的影像

量子的叠加和纠缠

2023-10-02

II

秋 光

▲ 广东深圳·梅林水库

1

林深处，山水间，一条路，一个人，记忆在弯弯曲曲的石径上晃动。走在这条路上，想着海德格尔的《林中路》，仿佛上帝也为你提供了一条哲人之路。

每一片树叶都能帮你找回敏锐的觉知，每一道阳光都能刺激你丰富的想象。芦苇在春风的吹拂下蹿到一两米高，它们泛出微微的红，再渐成紫红、高粱红、紫金红，然后是灰色、银灰，笔直挺拔，在蔚蓝的天空下闪耀着光芒。它们高过身边的桂花树，那些去年栽种的桂花正被薇甘菊纠缠，而芦苇长长的叶片如锋利的刀，群集而生，抵挡了薇甘菊的绞杀。如何除掉薇甘菊？学植物的年轻人说菟丝草可以缠死薇甘菊，还可喷洒一种剿杀薇甘菊的药，放养牛羊也可以吃掉薇甘菊。但这些都不适合在水库边使用。

除草的工人正将挡路的芦苇剪掉，给了我一把，说可扎成刷子扫灰尘。你用丝带将它们扎起，放进石头花瓶里，竟闻到一股清香，是芦苇散发的幽香。原以为它们会成一束干花，过了几日，发现清爽的花穗蓬蓬勃勃舒展开了，夜里窗外的一束灯光照着它，看上去像爱因斯坦炸裂的头发。又过几日，它们的种子渐渐开始满屋飘飞，只好将其打包送保洁房。

林中一株开满了小白花的油桐树，天天做着同一件事，一朵一朵掉落，地上和树上永远残留着稀疏的花朵。你小心地注视着它的迟缓拖延，觉得一个人的记忆有点像这些花，无声无息，迟疑着、残留着。

林荫缝隙一湾碧水。走到这总想起莎士比亚笔下的奥菲利亚，穿着绚丽的衣衫，长着金黄的长发，鲜花般的美丽纯洁的少女为何戴着她的雏菊、毛茛、荨麻和长颈兰编制的花环，漂在清澈的湖水上？难道那澄清的碧水隐藏着悲剧吗？

泉水汩汩，鸟儿幽鸣，山峦如梦。路边绽放的蓝色小飞蓬已成干枯毛绒状。昨天它们还亲吻过你的裤脚，今天却在冰凉的梦里，说枯萎就枯萎了，五彩缤纷的心事无法表达。

行两千多米到了水库尽头，有一幢白色平房，这是水库哨所。天光曙色里，浑然一幅画。一缕阳光寂然不动，像老人慈祥的目光凝视着你。顷刻之间你回到了故乡山顶上的那栋白房子。

2

山上那栋白色的楼房还在吗？通往山顶漫长的石阶总在雾里。市委党校紧闭的铁门和白楼就在山顶，据说抗战时这里曾是国立师范学校。

进到铁门里，左面坡上有一棵老槐树，挂着一口锈迹斑驳的铁钟。它是抗日时的遗物，还是"文革"时的遗物？钟声飘散在起伏的山峦和茫茫雾海中，幻化为一片梦境。一棵枯树，上面晾晒着一块扭曲的时钟，柔软如面饼，是达利的画。奇怪的钟在你头脑里转动。

楼房是新建的。教室、会议室、教师办公室兼寝室、学员宿舍，都在这栋大楼里。进到三楼自己的小屋，窗外是绵延起伏的山峦。你像被大山困住的囚徒，凝视山峰的朝晖夕阴，千变万化。灵魂裹挟着烟雾，飘往山的深处。雾是沉重的，瞧那最重的一团正落到谷底。树尖露出来了，山坡上的羊肠小路清晰地弯到山脚，黑瓦屋炊烟袅袅。那里曾是中共鄂西特委旧址——何功伟、刘惠馨烈士战斗过的地方。山上烈士陵园安葬着他们，小时你读着他们的故事——《清江壮歌》。此时你可以感受世界是深的，深过清晰时所感知的。生命如烟雾，无法穿透，迷失在里面。

山里的时间滞涩又缓慢，窗外梧桐渐渐和你的窗平齐，越过树冠，凝眸远山，群山庄重。在你眼里大山永远是本神秘的书，你用了整个青春岁月读它。你知道山阻隔了太多，但你的生命早就蕴藏在山里。

清晨在院子里 200 米长的小径上来回跑，当朝阳把那座巍然屹立的红石崖照亮，那山崖像一面招展的红旗。你一脸灿烂走进教室。

党校那一圈围墙，在白雪皑皑的日子，总让你想起修道院。你觉得自己也在修道。你读黑格尔、康德、休谟、萨特、马克思……你像蜘蛛静静地在你的小房子里织网。

有一天，你先生带着海风的咸味撞在这网上。他的到来，完全是另一个人头脑里的一闪念。一年后你们结婚了。

十几年后，盛夏最炎热的一天，你回到山里。迎接你的是满院子蝉鸣，令人柔肠寸断。守门人杨师傅带你上三楼，看你们住过的房间："这是小司住的，小范住的，小高、小胡、小刘、小郑住的，向右第二间就是你住的。"每间房都空荡荡，门窗锈迹斑斑，有洞的纱窗积满灰尘。你想看窗外，但高大的梧桐挡住了视线，环顾空空四壁，这就是有过书籍、音乐、木炭烤橘子等香味洋溢的房间？住过一群指点江山的热血青年的房间？

你想着以前午餐时，这院子可热闹，总有热门话题，争论不休。后来三楼这批潜心研读马列的年轻人，有的调离或下派，有的考了研究生，有的调进了大学，或去了政府机关。终于有一天你也离开了，随先生去了深圳。

杨师傅告诉你十年前党校搬下山了，老人在这山上已待了二十多年，其中有十年是和你们那批年轻人一起度过的。老人说："那时最热闹最开心，你们走了，这上面就冷清了。我也老了，该走了。"你给老人在院子里拍了两张照片。老人忙他的事去了。

　　你静静地坐在石凳上。眼前人去楼空，厨房、锅炉房的红木格子窗布满蜘蛛网，厨房的瓦楞上铺满落叶，屋顶的红砖烟囱在阳光下愈发光怪陆离，好像存在了几个世纪。几只麻雀从树上巢儿飞出，停在山坡的电线上，起伏的山峦和白云一道向天边奔驰。蝉鸣和树叶在空中交织一片，令你心碎。一只黑蝴蝶停在菊花上，好像睡着了。风从远山吹来，又从衣襟前吹去。你含泪看远山，你要把过去的日子都看回来啊！梧桐将斑斑点点的阳光洒在你身上，洒在裂缝、断层的水泥小径上，你似乎听到从小径那头传来你的脚步声，穿越悠悠岁月……

家乡的山脉流淌着天堂般的色彩。你睁着惊奇的眼睛，无助伤心，有了灵感又瞬间熄灭。入禅枯坐，思绪在一个冰凉无语的世界回不过神。懒得开口，懒得动笔，一只脚已步入老年门槛。静听细碎的步伐一点点沉寂，大脑里弥漫着衰老。于冥想中看到群山万壑，亿万年前形成的天坑和峡谷，神奇的喀斯特地貌，冰凉的暗河，深沉激荡，不见天日，无人知晓。时间摩擦冲撞，如沉积岩在那里凝固，收藏着阳光的寂静、春天的光芒。

记起小时候生活的院子，晒满了床单被子。这院子坐西朝东，对面是五峰山，坎下是清江河，河水由北往南，贯穿全城。两百多米的陡坎，大人小孩下到河里洗衣、游泳。坐在河边看对岸的景致：山坡上种地的农民、耕牛，土屋、竹竿上晒的衣服，历历可数，有时还能听到大人大声吆喝孩子的声音。千古长流的河，漂着彩霞，混着青草味从你身边流过。坐在礁石上，晨光洒在笔记本上，你写下："太阳冉冉升起，山上雪白的梨花、粉红的桃花、金灿灿的油菜花都开了。"哈！那时你十三四岁，梦想做一个作家。

院子隔壁是你读书的小学。墙外有一处悬崖，杂草丛生，你喜欢久久地站在寂静的树丛里，看对岸的连珠塔，峡谷里的湍流，细听湍流奔腾的声音。世界在你眼里就是这么小小的一片，心里有种出奇的宁静。那宁静一直在你心里。可能你对世界知道得太少，也可能你心智有极愚钝的一面，所以特别安静。你是一株植物，抑或原始意义上更接近一株植物。

　　刚工作时，你到恩施沐抚教育站做师资培训。夜晚眺望小镇对面的大峡谷，一道道干闪电照亮悬崖绝壁。那神奇的电光如宇宙的纽带在此纠结，蓝天里拥挤的星星，都掉落在玉米地里。你心里有一种强烈的冲动，要去寻找这大峡谷的灵异鬼怪和神奇传说。后来神秘的小镇变得跟所有乡村集镇一样，有摩托车、加油站、杂货店。月光下丑陋的水泥房子伸进灌木丛林，连狗的叫声都喑哑。现在退休的你，想回到闻名于世的大峡谷，想完成心里的那篇童话。

4

阳光透明清亮，如一首圆满的乐曲在万物中演奏，急切地呈现，检验你的精神是否被遮蔽。你已从迷惘中惊醒，外界无端升起的在心中消失。所有的事物都向你敞开。万物在心中，心中无一物。今天体力指数是零，所以不想跑也不想跳，躺在大坝的草地上，想着奔跑时的快乐。

小时身体瘦弱，母亲要你跑步，便和跑步结下不解之缘。中学运动会上获过奖。后来当知青，遇到不出工的日子，爱沿着山脊疯跑，看山谷里的村庄在你脚下晃动，看袅袅炊烟从山脚升起。和山雾赛跑，与惊飞的鸟儿赛跑，野花野草粘满裤脚，做个山里的野孩子真有趣。

上了大学，一不小心，被田径队的老师发现，天天围追堵截被抓去训练，中长跑、越野跑、秋季运动会、全省高校运动会，四年大学时光就在疯狂地奔跑中度过了。

毕业后许多年，只要听到进行曲的旋律，不可遏止的奔跑激情就在心底涌起，很像《阿甘正传》里的阿甘。记得来深圳后，见到一个男生，他对你说："爱跑步的女孩，不解风情，情商低。"你还傻傻地问："那智商没问题吧？"读书时，你是一个贪玩的学生，学习成绩平淡。20年后回华师，老师还记得你最爱跑步，真是莫大的荣幸。给老师敬酒时，最盼望能见到体育老师——沈老师、郑老师和陈老师，可惜他们退休了或调走了。你想说正是他们对你的训练，使你获得了人生最宝贵的财富：健康的身体和朝气蓬勃的生活态度，自由的精神和坚忍的性格。这是你大学学到的最重要的东西。

做老师后，你总是不厌其烦地要学生去跑步，带他们跑，和他们比赛并胜过他们。自己有烦恼和忧伤时，跑步也是你最好的发泄方式。一跑起来就没有什么人和事可以伤害你。真的，当你奔跑在朝阳和晨风里，当你脚下荡起一涡涡阳光时，当你看鸟儿划过天光，花儿氤氲绽放时，生命的喜悦便涌遍全身。你常常从操场直奔教室，热气腾腾、热血澎湃、热情满怀地去看早读或上第一节课，脸上和眼里绝对38摄氏度，脑细胞全都被激活，那感觉真好！

躺在大坝，等血液从头到脚循环一遍，眼前的世界无比清亮。草地干燥温热，蒸熏着背。脸干枯、手粗糙。人如一棵枯草，听鸟儿划过空气的声音；如一块石头，听坝上水波投向天空的声音；如一棵正在掉皮的树，聆听树梢摩挲阳光的声音。宇宙的声音一丝丝包裹着你。风在草尖上呼啸，大山里野草的香味从记忆深处飘出。

当知青时，从不畏惧刺骨的寒风，手冻成红萝卜，还觉得冬天如红萝卜一样美。现在闭着眼还能看到山谷里深邃明亮的星星，月光下皎洁的雪山。那时在知青土屋里油灯下读托尔斯泰的小说《复活》，同聂赫留朵夫一起体验冰雪般纯洁的思想。小说里的雪景与知青土屋、天寒地冻的群山、山中雪地上的脚印，与每个人眼中闪耀的青春光亮，混为一体，留在你的记忆里。多少年后去翻阅那个章节，却找不到你想象的画面。年轻时读的书因加入了自己的创作而存活。

夏天歇工时，躺在山坡上看屠格涅夫的《猎人笔记》，记得那篇《歌手》和那个科洛托夫村。或许是耀眼的骄阳和裸露的沟壑，你将对面山坡的村子当作小说里的那个科洛托夫村。夜幕降临，一个小男孩一个劲儿地用哭声呼唤着另一个孩子："安得罗普卡——"那声音在你耳里变成了一个女人的呼唤："山娃子——回来啰——"那声音悠远辽长，在暮色苍茫的山谷回荡，在你心里唤起辛酸又温馨的感觉。一种被生活压抑的凄凉和无奈，一种生生不息、坚韧顽强、自生自灭的生存状态震撼着你。直到今天你想到故乡，那呼唤就穿越千山万水来到心底。

5

暑假，你们 13 名知青，去当年下放的知青茶场，寻找住过的土屋、喝过的红沙水井。一切像梦境遥远而模糊，抑或你们本身也是一个梦。

知青点的那幢两层楼的土屋已不见踪影，旧址上建起了一栋崭新的水泥砖房。你们认出了在院子里凿石碑的工人正是柱娃子，他还是那健壮的身躯，黑红的脸膛，腼腆的微笑。柱娃子也认出了你们，并能叫出你们每一个人的名字。你向他打听盲人姑娘桂莲。"她还活着，还住在茶厂后面。"去桂莲家的路上你又仿佛回到 30 年前你离开的那个清晨。

海娃背着你的木箱已爬上了山顶。你却迈不开脚步，凝视山下那个蠕动的影子——那是桂莲在挑水。桂莲三岁生病，双目失明，可怜她什么也看不见，却照样挑水做饭喂猪。每次上工碰着，她便说："姐，歇活了，到家来坐。"你真想跑过去，告诉她你要去上大学了，可你没勇气。红沙坡、绿茶树、黑瓦屋、桂莲都蒙上了一层雾。最终你擦干了眼泪，迎着初升的太阳，去追赶开往县城的早班车。那年你十八岁。

"她回来了！"一个孩子大声叫着，她背着一大筐柴回来了。她老了，60 岁了，门牙缺了，又粗又长的辫子没了，头发剪得又短又难看，一件蓝底白花衣，糊得很脏。她弟媳妇说衣服是民政局发的，每月还发 16 元钱。

桂莲还记得你们："那时你们经常来喝水。"问起她的生活，她说："父亲死时把我托付给两个弟弟，一家一年，轮着住，这家弟媳妇好，另一个弟媳妇经常打骂我，有时四五天不给饭吃，说要杀了我喂猪喂狗，说刀子有、绳子有，就不想条死路，活着害她们两家。"她指着颧骨上的伤痕说："这是他们用刀砍的。我有时想，让兄弟把我结果了还好些。"

"千万别这样想啊！你活到这个岁数不容易，砍柴没摔下悬崖，也没被蛇咬，身体还这么硬朗，不容易啊！是老天保佑，你一定要好好活着。"

桂莲也说："无娘儿，天照看。"你们送给她钱，答应帮忙，找民政局让她去养老院。

晚上，宿在民兵队长张大哥家。丰盛的晚餐：一大锅土鸡炖枞树菌、渣辣椒炒腊肉、葛粉煎鸡蛋、合渣、土豆饭，还有新鲜的豆角、南瓜、炒玉米。大伙儿忆起当年在知青点，调不上粮食揭不开锅，守在社员家灶门口吃红薯的事。

第二天告别了张大哥一家，走访当年茶场的工人。山窝里是国娃子的家，柴门紧闭，寂静无声。忘不了这个富农的儿子，成天笑嘻嘻，爱和你们开玩笑，年龄和你们一样大，干活总是让着你们，最重最脏的活总是他去干。那年腊月，区里宣布不放假，苦干三十天，实现队队通公路。国娃子抽到大队修公路，一大早，他穿着又脏又破的棉袄，腰里捆着一根草绳，手里焐着刚从灶里掏出的热烘烘的红薯，准备出门。见你挑水回来，笑嘻嘻地说："烧几个红薯我们回来吃啊！"可是晚上抬回的是他血肉模糊的尸体。抬尸的人说他是掏一个哑炮时被炸死的。

厂长和你们商量处理后事，大伙儿说他因公而死，应该开个追悼会。这时大队干部说，他是"地富子女"，开追悼会怕影响不好，叫他家里抬回去埋了吧。他家人不敢吭声，抬了尸体走了。天黢黑，飘着小雪花，两盏昏黄的马灯伴国娃上路，寒风里传来低低的哭泣声。没多久，那点灯火便在山坳里隐去。等你想起给他烤的红薯，从灶里掏出金灿灿、香喷喷的红薯，眼泪簌簌落下。

翻山越岭，见到了郭场长，80多了，之前听说他去世了，你们还买了纸钱和香烛。见到他鹤发童颜，除记忆障碍，生活很好，他看着你们一个也不认识。不过还记得有茶场和知青的事。

见到吕二叔，你们都没认出，在他愣愣的木讷表情里，完全看不到往日的叱咤风云。他是第二任场长，待知青严格。1977年改革高等院校招生制度，离高考只有一个月你们才知道。吕二叔仍要知青每人每天种完一大筐土豆。为了挤时间复习，天没亮你们就点着油灯下地，到中午才把活干完。吕二叔他50岁死了老伴，现在跟过继的儿子住在一起。他沉默寡言，告别时把你们送出好远。

路过吴奶奶家，门前的柿子树还在，但老人前年已经去世。江平最怀念她，有一次，老人对江平说："你们八男八女是配好了的？到这山里来做么事？"江平说："我们响应毛主席的号召。"

奶奶问："我们这里有个毛主席。你们那里也有个毛主席？"又说："毛主席真好，把你们都配好了对。"江平没笑死，倒真的和美女秀秀成了恩爱夫妻，是知青点唯一长存的爱情硕果。

翻山越岭，在山里不停地走。小蒲学林业的，一路介绍所见树木：椴树、槭树、木梓树、桐子树，板栗、核桃、柿子、花红、石榴、枣子，果树上都挂满了快成熟的果实，还在农家院里发现了珍贵的银杏树。真是花果山，绝非30年前的荒凉。这天走了六七十里山路。

这也是今年第一个秋老虎天，阳光异常耀眼。远山显出它刚劲而柔和的脊背。层层叠叠绵延不绝的青山啊，仍用亘古不变的姿势，用30年前的目光抚慰着你的记忆。

记得知青土屋的倒塌吗？若发生在夜晚，你早成了鬼魂。记得从泥土里扒出的书籍吗？有《牛虻》《复活》《猎人笔记》《马克思传》。记得油纸裱糊的窗台上摆满了杜鹃花，庆祝自己的生日吗？记得调不上粮食，饥寒交迫的日子吗？记得，都记得。记得在社员家吃喜酒的快乐；记得冰天雪地双手冻裂的伤口；记得油灯下苦读，脸上熏得黢黑的样子。每个人都愿记住那个贫困的年代青春的笑容。

年轻时，总想走出大山，逃离它的沉重、逼仄、苍凉和贫瘠。走出后，才发现大山已把你塑造得太彻底。生命的色调里永远是蓝幽幽的山啊！那里有青春的啁啾、灵魂的苦读和生命的流逝。

6

电话那头母亲说，人活到一定年龄就知道生命没多大意义。你说世上万事万物始于我们的体验，对世界的体验就是意义，像母亲那样明知无意义仍然认真活着就是意义。

退休了再也不想用所谓有意义的事充斥时间，以为时间不被事件占据就浪费了。没有事件的时间存在吗？这个事件当然是工作世界的。在经济效益的世界里，时间就是金钱，就是生命。若像现在这样傻傻地看着时间流逝会怎样，就没有意义吗？生命就虚度了吗？一定要用生命来做点什么或将生命沉淀到具体的事物里，生命才有意义吗？古埃及的奴隶将生命融入金字塔，今天的工人将生命融入产品。做事时，生命消融于事件。禅修或沉思时，生命就在当下。

洗脸时不经意看到镜子里的双手，手特大。十六岁下农村，开茶园，锄把把手震得生疼，把手掌撑大。还记得当时报纸上的诗："沾一身清香的泥巴，开一手光荣的茧花，扎根农村干革命，广阔天地是我家。"当知青的两年里看着自己的手越长越大，觉得都不是自己的。现在你的手像个男人的手，而你先生却是纤纤细手，摆弄精细的电子元件、电路板，如女人绣花一般。

现在镜中的你，脖子、下巴、嘴角、眉心都在被时间犁耕。只是眼睛还清亮，耳朵看上去还年轻，暂时还听不到身体里的衰老。有同伴担心衰老，你不想这些，只想用自己的方式变老。

你的方式就是能不做的事都不做，能不结交的人都不结交，能省的家务全省。所剩时间本来就不多，节俭便是获得生命。报纸看个标题，短信精简，电话少打，很多书可以不读。书柜里的书，大多用来满足目光扫描的愉悦。这个年龄再像年轻时那样从头到尾一字不漏去读一本书，纯粹是不动脑。再不以为书多深奥，静观自我，发现自己也是一本书。

学会品味从指尖划过的事物，与每一件物品交流：花瓶、瓷器、红酒、枯叶、抱枕……并非打坐才有禅意，面对万物都生出禅意。茶水里升沉的桂花，瓷碗里的红豆粥，蓝幽幽花瓶里的一枝野花，都有禅意。人生有时需要一个盖子，不需要去虚拟世界发散。留在失落的旧世界，安静冥想，时光在禅意里变成一道道浅浅的皱纹。

自身空灵，就没那么多烦恼。即便有，一件归一件。不管费力或不费力，不多想，人是被自己的想法弄得烦躁不安心的。天，空着，没有一丝阴影；心，空着，像一片清澈的湖水。不经意照见一切，又不会被污染。心如明镜就是这个意思吧。

7

宜万铁路通车了，可以坐火车回家了。这是世界上最奇险的铁路之一，由无数的隧道和高架桥连成。坐在车上一些奇怪的念头涌入脑海，穿越大山心脏，走进石头缝里，飞驰于地缝间。这条路把地球最古老的景观和现代连起来，原始森林回荡着地壳运行的轰鸣，天坑峡谷记录着造山运动的神奇，山里人的命运在宇宙的这个节点上跳荡。

把藏钵音疗带给母亲。藏钵来自喜马拉雅山区，据说它所发出的声音能与自然本身的频率共鸣，也能影响我们身体的原子随着音波震动，打开纠结堵塞的脉轮，调节净化心灵，使其躁动不安、伤痛抑郁得到平静消散，有着神奇的治愈作用。

你告诉母亲听藏钵时只需静观，各种妄念升起熄灭，别去压抑，至半透明状，若即若离。让它自由来，自由去，只专注呼吸，似乎去了另一个宇宙。你自己在音乐中总能看到宇宙的图景。

可是音乐在母亲心里唤起无比的凄凉和巨大的恐惧。她说看到自己孤身一人行走在大山，暮色四合，陡峭的山岩挡住了去路，无法翻越，非常孤独害怕。母亲坚决不肯再听这音乐，那些日子母亲第一次给你讲了她家庭沉重的往事……

你把宁静愉悦的班得瑞留给了母亲。几年后你再回去听班得瑞的时候，人已老了。音乐里寂寞的心事，如彩云飘来飘去，偶尔落入林中的一丝天空，像缥缈的诗句制造了一点情绪。这是你生命的恒定状态。

在似有似无的音乐中，你回到了童年，跟祖母在红安乡下的生活。看见祖母牵着你去番茄地，总是把那个又红又大的番茄给你吃。看见屋场后面的歪脖子松树和金灿灿宽敞的土屋，屋里桌子凳子门板上祖父写满了字，四五岁时祖父教你认识了很多字。

五岁你便上了故乡的祠堂小学。天还没亮，祖母坐在床沿给你梳头，然后你抱着火笼、棉鞋跟着叔伯家的良珠姐走两三里路去学堂。年纪虽小，你的名字却经常在祠堂小学的墙上受到表扬。

抚养过你的祖父、祖母、叔叔、婶婶，教过你的老师都清晰地留在你脑海里。生命如树，枝叶伸入蓝天白云，根仍在朴素至极的土壤里。少时记事不多，成年后有深刻记忆的事也不多，这半辈子忽地一下就过了。回望过去，昏暗模糊，如在梦中，如在别处。

8

人怎么变老的？看风拂去书上的灰尘，发现自己不需要读它们的时候，你变老了。拿起笔不想写，开电脑的欲望都没有，你变老了。时光在你拉开窗帘的瞬间老了。感受动作的迟缓，对着一杯茶沉思，看柠檬冒起小水泡，看茶叶一根根竖起，看山楂果的淡红色渐渐渗出，看玫瑰花慢慢展开，看枸杞、当归、生姜的香味漂浮水面。藉着各种各样的茶水，思绪在水中自由泛滥。和身边的物品讲话，把各种香料放入玻璃瓶，用音乐抚慰自己，这都是老人的特征。你想岁月静好时你就老了。

给自己冲了杯咖啡，香味像幽灵一样在房间飘动。手中的瓷杯让你想起母亲珍藏的那套茶具。她希望你写她的故事，你一直没写。没耐心听她唠叨，心里有点愧疚。有一天儿子批评你："讲一件事一定要说出一套理论，说一个道理一定要举生活中的无数例子。"那口气让你想起昨天你对母亲也如此。生命如出一辙，基因总在某个时段显露，你从儿子不耐烦、嫌你啰唆中，看到衰老的阴影在一点点浸入。

想到此，你拿起电话打给母亲："在做什么？"母亲在看电视里的健康节目。母亲说："吃了你给我买的龙眼干、杏仁，刚磨了合渣。你老爸上街买菜去了。"她问你最近在思考什么问题，你便给她讲"稳定压倒一切，发展是个硬道理"这两个想法还可再周详些。母亲说要从积极的方面去看问题，你想着一代又一代人在隐忍中走过。

9

广深路上，车窗外时不时闪现一口污水塘，一个破塑料棚，一小块可怜的菜地，那些菜能吃吗？这几年农批市场的菜全是从外地运来的。先是湖南的小黄姜、南瓜、冬菜、红萝卜、苦瓜，然后是北方的大蒜、黄瓜、西红柿，再然后是云南的荷兰豆、毛豆、芦笋、芥菜、芹菜，还有宁夏的甜菜心、海南的红薯，越吃越广，一餐饭吃遍全中国。你觉得自己像个寄生虫，老了不工作了，是否应该考虑回故乡种菜去。

可是故乡早已不是你记忆中的故乡。

少年记忆中的故乡有寒冷的浓雾，有飘散着硫磺和煤烟的小巷，有熙熙攘攘的人流，有进城的农民背着背篓、挑着担子，有包着花围巾、冻得通红的脸，流着清鼻涕的姑娘媳妇们，还有身着黑皮帽、夹克衫，粗声粗气的小伙子们。街上偶尔有几个从省城回来穿着时髦风衣和皮靴的姑娘格外抢眼。夹着异地的口音，仿佛飘来了域外文明。那时的故乡青山绿水，街上只有少许的单车、公交车，天空中很难见到飞机。那个年代还没有电视机，生活中的东西很真实。

后来人们像电视里那样生活，人越来越多，越来越挤，楼房越盖越高，人们的欲望，像高楼一样节节攀升。那么多的渴求，那么多的躁动，全在房子上折腾宣泄。把家搬了一次又一次，每次都扔掉和自然息息相通的木家具，搬进一个充满化学气味的新房子，开始昏头昏脑的生活。折腾几次后，倏忽变老了，这就是人生。广州的空气较差，城市灰蒙蒙，在噪声里喘息，汽车吐着尾气，熏黑了人们的肺，熏黄了人们的脸。刚种的树和路人一样蔫头蔫脑。商场里五颜六色的灯光美化着购物者和陈列的商品。这个物化的世界里，人工的东西日益精美，自然的日渐丑陋。人们制造化妆品、营养剂、电子产品、服装、鞋子、玩具，人却越来越奇形怪状，脸上布满黑斑，皮肤被雾霾漂染，皱纹里盛满 PM2.5，很难看到一个长得清新自然的。

一个朋友去郊区周边几个县考察，看到村里的河流、小溪都被污染了。他说周边都污染了，中心城市能保持多久？即便国人有豪宅，有高级轿车，有大把钞票，可是没有安全的食品、新鲜的空气和清洁的水，怎么办？当阻止不了污染，就选择移民，人们最大限度地利用地球上的资源，把每一个角落都开发污染到极致，再移民其他星球。

以前你看到川流不息的货运，想到的是生活和社会主义建设蒸蒸日上，从不深究车水马龙运的是什么东西。有一天你豁然明白，那全是人这种动物吃喝拉撒的必需品。这个发现让你觉得人就是地球的负担。

10

政策研究室的张老师问你，新区妇工委有个女工教育研究课题能不能做一下？你说没问题。你给女工学校上过课，了解她们的情况。你很快设计好了调查的问卷，便同张老师、社科院的史老师开始了为期一个月的调研。

此次深入到 10 家企业进行问卷调查，与厂长、经理、人力资源部部长、员工培训经理进行了交流，和部分工人进行了座谈，收回问卷 534 份。样本采集有高端科技企业，也有低端、劳动密集型企业；有传统行业，也有新型服务行业。在这 10 家企业里，有女工流动学校的仅 1 家，其他 9 家都没有，甚至很多女工不知道有这么一个学校。其中，只有 7.3%的女工参加了女工流动学校的培训。

妇工委工作人员说："企业主并不欢迎这件事。前几年工人听了劳动法，懂得了法律维权，便向老板追讨加班工资，弄得老板很害怕。何况工人上课老板还得照付工资。"也有社区妇工委主任为了把课送进企业，请老板吃饭，定好了第二天上课，临时老板又变卦。社区工作人员说，我们真的很想帮助女工，请她们来听课，给她们发学习手册。但很无奈，企业、工厂大门紧闭，难以进入。你天天可以看到工人从这里进进出出，却很难和她们接近，她们总是加班。我们和她们仿佛生活在两个世界里。

深圳是个流动人口和户籍人口严重倒挂的城市，外来务工者的生存状态和综合素质与我们每个人休戚相关，让外来工城市化是政府的远见卓识。城市是成长的过程，而不是瞬间的产物。对外来女工来说，最后不管她生活在哪里，她都会因在深圳期间受城市生活方式的影响而出现了显著变化，这对整个社会就是进步。新区100万的外来工，50%是女工，在这种情况下要实现新区未来发展的新目标，探索一条外来工城市化的道路是很有意义的。

你们认真执着，不回避矛盾和问题。如果大家只想搭个花架子，应顺着一套现成的话语模式，也就是进到一个社会平均话语体系中。你知道一套假大空的话语会让人们的大脑沙漠化，也会掩盖社会真相和矛盾。

11

朋友担忧地说，小区里全是车，没人行道了。如果遇到火灾，连消防车都进不来。你们这个年龄的人多少有点焦虑症。

电视、报纸、网络传达给我们的恶性新闻，催化着人们的恐惧和不安，唯恐自己就是下一个受害者。有本书告诉人们，96%的顾虑都是不必要的，只有4%的是我们能力范畴以内的事情。持续的忧虑，能将担忧变成现实。换句话说就是使自己不情愿的事情自动发生。

有人说打牌、打麻将能帮助人们清除生活中的焦虑。好多老人在文化活动中心下棋、打牌、打麻将，其乐融融，那场面真宏大。难怪有人提出要将麻将申请为非物质文化遗产。

你觉得打坐、听音乐、冥想能治愈焦虑。打坐时觉知自己的忧虑如密密麻麻的黑点找不到一个出处，那些黑点堆集成山，然后变成深邃无比的洞。黑洞吸着你的呼吸，忧虑随着呼吸似乎去了宇宙的尽头。

而音乐和冥想能制造一种虚空，被晨光、紫色雾岚填充的虚空。偶尔飘来隐隐约约的事件，看不清、说不出。你现在对这段音乐的感受和三年前的感受有多大程度的相似？往事回来，成了背景，只剩情绪，情绪里又裹挟了新的经历，唤起对过去的冥想。过去的冥想里又包含着过去的过去，如此你一点点回到过去。

12

喜欢沉醉在花香里聊天。

晓晨对你说："你这人有精神上的洁癖，遇到恶心的人和事就逃避退缩。但我不一样，我就喜欢去观察人性的丰富。恶是人性的一面。恶人的思想、情绪、情感表达跟我们完全不一样。在他们那里，人和人之间的一切全是赤裸裸的利用关系、交换关系，包括身体和性。所以他们的眼神跟狼一样贪婪狡诈。我有个熟人就有一双狼一样的眼睛，但我不拒绝她，就要了解这种人，要知道这个社会的复杂性。他们很会钻营，有很多信息，可以告诉你人性的丑恶复杂。了解和不了解就是不一样。你不知道他人的邪恶，怎么知道自己的单纯快乐；你不知道他人阴沟里的生活，怎么能意识到自己的阳光灿烂。你只有充分了解社会上不同层面的人，才知道自己存在的意义。否则你就简单狭隘，面对复杂的社会无法应对，只有躲避和恐惧。而我是勇往直前！"

晓晨说话，仿佛还在大学讲坛上，滔滔不绝，出口就是一篇文章。她既能做学问又能当官，在官场混过，又如此平民化。她好奇心强，这让她容易上当受骗。宾馆里冒充高干子弟的疯子、地摊上卖古董的人、江湖上行医的骗子，都可以骗她。她还乐于被骗，她说受骗买来了对社会的观察和思考，获得了对人性复杂生动的理解。她还上升到哲学层面研究。

你说老百姓什么都不理会，自娱自乐，娱乐至死。这好比一个村庄，人们知道强盗在抢劫，也知道自己的生命财产受到威胁，但只要活着就行，反而讨厌让你清醒的人，不知这是什么主义？一个稀里糊涂没有信仰的民族，生存力反而是最强的。如软体动物，没好坏、没是非，每个人都学会见怪不怪，理解一切，宽恕一切，遗忘一切，什么都可能发生，等于什么也没发生，存在即合理，命中注定，命该如此。这些都被视为折中的智慧。

以柔克刚，也是民族的大智慧。

真理就在那里，人们却难以进入。凡真理都简单、古老、没新意。人能背诵真理，却不能融会贯通。是人与真理本来就格格不入，还是人的大脑在某个层面没有开启？智慧这个词绝不仅是记忆力，它是一种能实践、变成生活本身的东西。它混合着性格、性情、情绪、特殊的感悟，成为进入这个世界的方式。我们说开启智慧，但未体会到这开启是多么漫长的过程。有人穷其一生去探索，有人却被各种欲望蒙骗。人要有灵性，倒空自己，才能看到真理。借书籍、禅修、生活中的挫败感，借观赏自然、与人交往，才获得一点真知，没有一劳永逸就能把握的人生真理。垂垂老矣，才找到了你和这个世界真实的联系。

你想到库切，那个写《夏日》的南非人。最后他选择退出，不愿与任何一种现实政治苟同，不寻求妥协。他那怀疑论令自己痛苦，诗性的枯竭，无家可归的荒凉和梦魇，只好做世界公民。去体会各种制度的前提，是你语言要好，好到有时候彼此交换的言辞和脑子里穿梭的思绪完全无关，人都受制于母语和民族性。

窗外天空多么阴沉昏暗啊！这片天空是卡夫卡感受过的，是佩索阿感受过的，是鲁迅感受过的，在历史的天空下发生的一切都没多大变化，只是观察的眼睛不同。

思维与书写工具有关吗？与你喝的是茶、咖啡、酒有关吗？思维与物质媒介有怎样的关系？似乎没人研究这个问题。

一片灵感来了，抓不住。书写跟不上思维，有时还在写上句，下面那个意念一闪即逝，为了那个意念再现，写了一堆废话，仍捕捉不了溜走的念头。机械地写着，等时间向你说话。写了一本又一本，没字斟句酌，没绞尽脑汁、没目的、没意义，只为记录莫名其妙涌出的如卡夫卡的梦呓。

写作跟禅修一样，能自我清晰，让人虚空，它的好处是虚空后能让有价值的东西进去，当然也许就那样空着、守候着，然后一点点萎缩。

你追求本能写作，找回内心蛰伏的冲动，但只要公之于众，就会在意在与谁说话。你真能不和任何人说话，在风中喃喃自语？曾经写过博客，如负荷一扇沉重的大门，刚开启一丝缝隙就关上。你不喜欢被人偷窥。开博客那事儿，只要想着给人看，就失去了心灵真实的声音。

你写作只为了与自己安然相处，不想影响他人，因为你认为的真理，对另一个人则不一定是。人们振振有词，自以为真理在握，可以评判是非，是多么危险啊！你更愿意把写作看成纯粹自我表达，是一阵心血来潮，是意识的倾泻和奔涌。飘忽不定的情绪掩盖晦涩的思想，真实的你躲在语言后面，和禅修时一样，袅袅升起，缓缓落下。

进入写作，留下你自己在黑暗中判断。衰老虽不像显影液能清晰地显现过去，但你渴望让过去的风景和思想即使变成了岩石也要呼吸；让有过的紧张、愤怒、茫然、不安变得从容优雅；让那些经历带着博大宽容向荒凉的宇宙微笑；尽管你渺小如一粒微尘。

虽说时光不会倒流，但后面的一定裹挟着前面的光阴，从而投射出更大的光明和阴影，最后达到和谐宁静。除了风，没人理会这一切，如这冬天灰蒙蒙的小树叶毫不理会艳丽得有点俗气的篼杜鹃。

15

读《咖啡机中的间谍》——一本关于个人隐私终结的书。一个透明的无个人隐私的时代到来了。斯诺登事件，说明美国官方监听各国政要是容易的，政府监听民众那就太普通了。你关心监听下面人的心理会发生怎样的改变。既然无法阻止监听，那就习惯玻璃屋的生活。那些不反对监听的美国人大概是这种心理了。人将变成一种无隐私的动物。从人性角度来看，如果没隐私会怎样？人与人原本要有一些遮蔽，一眼洞穿，会生出无趣之感。彼此透明，也就彼此乏味。彼此乏味，人对人的好奇心会降到零，最后只有对其他物种的好奇。如此这样，人与人之间的斗争会不会减少呢？

另外不怕偷窥的人极有可能被垃圾信息包围了，大脑成了信息垃圾场，脑细胞生成死去只是算法和流量，产生不出自己的想法，也不怕被监听。

总之，人孤独安静面对自己的时间没有了，人在遮蔽状态中才能形成的私密性没有了。人最后是不是更渴望社会疏离或离群索居？因为独处与孤寂或许会变成难得的奢侈品。

16

一株植物，把身体托付给根茎，灵魂却飞向了云彩。你观察云的形状，见不到球形云、立方体云。云是缥缈无定形的模糊团簇。云能演奏音乐吗？风雨雷电不就是世上最美的音乐。万物之谜似乎在云顶鸟瞰你。

我们这种三维空间的人，真的能认识客观事物而不是盲人摸象？人的意识同客观事物是一种什么关系？一个独立于你认识之外的自然宇宙存在吗？你无法断定你所看到的不是经你的感官改变过的。存在就是被感知，是这个意思吗？

你亲近自然，因为自然是你眼里的自然。你习惯和花鸟虫鱼说话。今天在花丛里遇到一条青翠的小蛇，只有手指那么长，你问它好。它看了你一眼，安静地待了一会儿才走。你不知道那条刚出生的小蛇看到的世界是否与你眼中的一样，它是否也思考和自然的关系。

五十岁以前没读懂的哲学书，五十岁以后能找到一个好的角度进入，找到需要的东西。哲学家早看出了语言的局限。现象学大师胡塞尔就说："如果我的思想给人们的理解造成了巨大的困难，那么这种情况也适用于本人。我只能在精神思路清晰的时间理解我的思想。在过度工作之后，连我自己也无法把握自己。"原来哲学家也不知道自己在说什么，所以读不懂就别硬读。大师的书也只是一个引子，引出你对世界的思考。如果只想费尽心思、丝毫不差地去理解大师的思想，你也找不到本源。

现象学说人的认识应该摆脱主观束缚。怎么摆脱呢？你能摆脱自己吗？这和揪着自己的头发想挣脱地球的引力不是一回事吗？大师说了一堆费解的话。

一日打坐你一下明白了。解脱主观束缚的方法就是打坐，清空自己，消除内心的意见。但仍然置身其中，看着它们升起、落下，升起、落下，不带意见地看，这样事物的本源才能显露出来。你好像找到了切入口，或许根本没懂大师，也根本没摆脱。但又有什么关系呢？你于坐禅、听音乐、发呆、格物中去体会摆脱主观束缚就行了。

大脑应该思考一些艰深的问题，那些问题能尖锐地切割你。如果停在一个被犁过的浅表，思想深处的土是不会翻到上面来的。

17

同晓晨去美术馆听完讲座，走过榕树拱廊、街心花园，晓晨又沉醉在她的宏大语境里："人进入语言就进入了社会关系。语言是人的牢笼，能左右人。狼叫狗叫那是本性。语言却是一种创造。"

"哲学研究最后一关是对终极真理的关注。现代哲学失去了权威系统的宏大繁复，向反结构、后结构主义过渡，强调个性化、差异性、不确定性、动荡不安，到今天成了体验性研究。随意、不确定、差异、即兴发挥，这些在服装、诗词、音乐里随处可见，比比皆是。非主流、生活化、人性化、青年化、平民化、碎片化，点面通行，家庭解体、官场话语居高临下，精神世界一片苍白。"

"到了我们这个年纪，随心所欲而不逾矩，获得了自由意志，豁达、通透、有决断力。但有些人死气沉沉，像一口棺材，甚至就是一座坟墓，你敢开启吗？打开了，里面除了腐朽的气息，什么也没有。天黑前看到一具僵尸，那情景多可怕！"

晓晨总是这样自言自语，把最近思考的问题一股脑儿说出来。

你心想，天黑前应该有漫天霞光，是蛹化成蝶的时光，能感受到蝴蝶翅膀上自由飞翔的光芒，凝聚了从作茧自缚到破茧而出的历程。

醉人的海风，咖啡花园大道，夕阳里的红树湾，金光灿烂，如鼎盛辉煌的日子，短暂又绚丽。

刺入蓝天的建筑把时间拉长，收藏着一座城市的记忆。

一轮巨大的落日亲吻着城市的天际线，在霞光里画出最完美的句号。

III

落　日

▲ 湖北恩施·笔架山

Ⅲ
落
日

081

1

一碗豆浆，从你手里滑落，温热的豆浆泼了一地。你有不祥之感。

下午接到先生同事的电话，在重庆工作的先生脑出血。深夜12点，重症监护室，手下的员工守在门口。护士得知你刚从深圳飞来，允许你看他一眼就离开。他睡得很安宁，你心里轻松了许多。

走出医院大门，三月夜雾笼罩的重庆，寒气逼人，马路对面的楼宇在雾霾里闪烁着迷蒙的光。一种被命运抛入陌生环境的感觉攫住了你，你豁然理解了海德格尔说的"被抛"。你躺在冰冷的酒店，街上汽车潮水般冲刷你紧绷的神经。你看到生命的河流拐弯了，驶入了病与死的航道。

第二天，先生见到你，第一句话是："我要拖累你了。"眼里满满的是依赖。你忍着泪水，对他说："逆来顺受。坏事来了，把它当好事接受吧。"

三天后他转到普通病房。

你每天7点提着早餐去医院，从你租住的房子到医院步行约十分钟。在丁字路口等红灯，背包里背着他的全部家当：手机、钱包、银行卡。他的手机闹钟响了，这是他在家起床的时刻，你想到家里平静温馨的时光，恍若隔世。医院里到处拥挤不堪，大厅里挤满了挂号的人，电梯里水泄不通，永远是超载，只有病房里有阳光。他的病床朝着宽大的弧形落地窗，拉开窗帘太阳明晃晃地照在床上。外面是水泥森林的城市，黑色线条的高楼和高架桥，轻轨在那里拐弯，又消逝在地下，如动漫。

先生左侧偏瘫。开始一点都不能动，渐渐可以举手、动脚，可以坐正，可以下床，可以被拖着走到洗手间，每天都有一点进步。他说："给我一点阳光，我就灿烂。""我要创造奇迹！"他是最乖的病人，疼痛都忍着。你是最好的看护，学会了使用各种治疗仪器，减轻了护士的工作。医护都喜欢你们，一个实习护士还请教你文言文，帮她备考。

弟弟寄来了《人的大脑可以重塑》，你读给他听，心里却有点担忧，脑出血破坏了他的运动神经，不知道是否会改变性格？是朝好的方面还是坏的方面改变？

晚上八九点走出医院，广场上到处是举着"住宿"牌子拉客的房东。在病房待了一整天的你，开始观察这个陌生的城市。医院对面的"城上城"崭新气派，一眼就看到你住的那栋楼下有家乐福、肯德基和奥体活动中心。对面是医科大学学生宿舍，还有菜场、餐饮。丁字口大街两旁几乎都是药店和医疗器械商店，门口摆满了轮椅、拐杖、坐厕。在这条街上，一切皆与疾病有关。

回到住处，在困顿中记下一天的琐事：一日三餐、吃药打针、大小便次数、清洁护理、康复训练、观察精神状况。你的时间感觉有些混乱，记流水账可以帮你梳理大脑，找回逝去的时间。幸亏有先生的徒弟小严守夜，有妹妹做饭送饭，你才能支撑住。

一个月后出院，清明节细雨纷飞，老总和同事开车送你们回故乡，寄住妹妹家。你仍感觉疲劳像海水无边无际地包裹着你，梦里醒来，不知身在何处。

夜深人静，独坐阳台。明月朗照在清江两岸，霓虹灯五颜六色的梦在清江河里无声无息地流淌。对岸山顶的路灯，像人生一抹弯曲的记忆，亮在如烟的往事里。那些久违的灯光照亮过命运的瞬息万变吗？你们恋爱结婚，曾终日游荡在故乡的山岗，现在以残年老迈之躯回来，与山城的朝阳一起醒来，在"亲水走廊"的绿荫深处，先生用拐杖敲击青石板上的阳光。

你从来没像现在这样和他形影不离。一直以来，家里人形容你们如同南北两极，互不搭界，兴趣爱好也各不相同。在他健康时，你们很少一起，无论锻炼、逛街甚至旅游，各玩各的。你读哲学文学，他做技术。他多次获深圳市、广东省高科技成果奖。在你心里他就是机器人，是家庭的长者。你俩都奇怪，平平淡淡，居然厮守了大半辈子。现在你成了他的拐棍，陪他走路，担心他摔跤。

回到深圳，楼下院子成了锻炼的好去处。以前你爱待在家里，居高临下看院子里的风景，觉得那院子是别人的。现在每天陪他在院子里转圈，看云朵在屋顶飘飞，阳光在竹林中闪烁，小鸟在草地上啄食，视安静的小院如同自家。平时难得见面的邻居也称赞他每天的进步。你们发现社区里中风病人还真不少。他对你说："应该有个中风俱乐部。你知道中国有多少中风患者？那可是不得不正视的生活场景。"你说把所有中风患者集中，那五花八门、千姿百态绝对比卓别林的喜剧好看，你们被想象的场面逗乐了。你常学他走路，拿他开心，叫他"瘫子哥哥""拐拐爷爷"。在快乐和玩笑里，你悄悄拽着他的衣角。他躬着身，紧盯脚尖向前。有时不小心，脚下趔趄，便迁怒于你："你别跟着我！"你说："你不要我跟着，我还得像狗一样跟着。要不你养条有我这个智力水平的狗跟着你。"他喜欢儿子陪他，他觉得儿子高大，能保护他。儿子一改睡懒觉的习惯，天天陪老爸锻炼。你看儿子背着手，很轻松地走在他身边，并不干扰他，也不如你那般紧张。

先生心安理得地享受着家人的照顾，心安理得地饭来张口、衣来伸手，心安理得地看《怎样成为发明家》《哇！发明家诞生了》。你对他说："生病最大的好处是一不小心就成了伟大的科学家或文学家，前者如霍金，后者如普鲁斯特。现在疾病又要哺育一个伟大的发明家了。但中国少了一个获诺贝尔奖的女作家，多了一个做饭的婆娘。"友人提醒你，对中风病人的照顾一定要理性，他能做的一定要他自己做；也有朋友说，现在家里应该一切以病人为中心；还有朋友说，生死有命，富贵在天，一天天地过吧！焦虑也是过，快乐也是过，与其焦虑，不如快乐！这些你都懂。当灾难降临时，你不怨天尤人，你能构建起自己的精神支柱，你对先生说这就是读哲学的好处，而他常说你读的尽是些无用的书。

你激励他自强不息、早日自理。渐渐地，他可以自己穿衣、洗澡、取报纸，甚至给自己煮碗面条，但精神和性格有些变异。有时你看他气急败坏、顽固不化的样子，意识到你面对的是一个中风患者，而你的心情还和初识他时一样，这真是奇怪。你望着他，依稀梦中，26 年，真的和他一起生活了这么久？还是从没熟悉，刚刚开始啊！

再看到书桌上的手记，仿若隔世。这两个月每天只想着一件事，如何让先生早日康复，失去了对自己的精神和身体的感觉，甚至连走路都不像是自己了。现在终于可以焚香、听音乐、在书桌前冥想、在藏香里禅坐，过去的时光又回来了。听到狂风把竹林吹得飕飕作响，看到暴雨在玻璃窗上画着谜一样的轨迹，嗅到南方相思树芳香的气息，凝视绸缎般柔软的湖水，一些美好的感觉回来了，但抓不住。大脑迟钝呆笨，身体松弛疲惫，没了热情、紧张、灵气，甚至无聊感也没有，只是一长串家务，为先生跑社保局办退休手续，熬中药，负责吃喝拉撒。在药店见到一个漂亮的女同事，打招呼聊天，却怎么都想不起她的名字。经历了人生的大起大落、大病大灾，你进入了冬眠状态。

昨天是一个特别的日子，先生生病整三个月，这三个月是治疗的黄金时间。昨天他走路又有了进步，他高兴得能跳几步。昨晚也是你三个月来睡得最深沉的一夜。音乐停了，隐约被儿子开门的声音惊醒，一会儿又沉入了梦乡。

去森林里走走，回到原路，但那路上的风景不再。树林里没有曾照亮你眼睛的那缕阳光，没有斑斓的色彩、艳丽的蜘蛛和漂亮的蜗牛。生活出人意料发生了多大改变啊！

在树的阴影和玉兰花香中渐渐平和，晨光、湿雾、山泉修复着你的精神。在晨光里奔跑，像年轻时那么奔跑，负氧离子冲洗身体里的垃圾和废气。奇怪很长时间没这么振作，仿佛冬眠了好久好久。

跑完步，腿疼又回来了。一点生活的热情都没有时，疼痛会加重，过去的时间在这疼痛中显现。那时在学校，下课回到办公室，将腿抬起，让血液循环，后来穿缓解静脉曲张的袜子上课，疼痛也并未减轻。疼痛也是一贴记忆的膏药，让你回到那窘迫困倦不安的日子。生命在一条狭窄的山谷里，莽撞向前冲，人生处于那么一种状态时，你想何不停下来。你选择了提前退休，终于看到了属于自己的那片海，将那些裹挟你的污泥浊水置之脑后。

过去的事件被情绪填充。现在情绪隐去，细节从记忆深处浮现。被磨掉的往事怎么回来了？记忆层面是怎么打开的？它们没被重塑，与原初一样，而眼前的事却过眼即忘。有时打开电脑，却忘了是找中风的药，还是找一本书或某篇文章，想不起来。

先生为何喜欢将电视连续剧《雪豹》翻来覆去地看，是因为年老健忘，还是喜欢熟悉的东西？

窗外的鸟声，客厅里的电视声，先生沉浸于打日本鬼子的垃圾剧当中。你担心那些血肉横飞、惊心动魄的场面会破坏他的脑神经修复，但那些粗制滥造的片子填补了老人在家的空虚。看抗战影视片应该算中国老人的养老方式，与你听音乐、冥想、在本子上乱写一气，没什么不同。简单占据你们的世界，如果一个老人的时间被太多复杂的事情占据，可能与其衰老的细胞不相称。

3

儿子去瑞士读书。他第一次出国，你坚持送他到香港机场。他这半年天天陪老爸走路，分别时先生很坚强地和儿子握手告别。

邻居阿梅陪你，乘永东巴士从深圳湾出发。午后能见度很差，否则跨海大桥在视野里一定壮观。19:00到了香港机场1号客运大楼，正找休息和晚餐的地方，就看到瑞士航班的登机口开了，有四五个人在办登机。称了行李，超重一点点，登机箱也超重一点。看儿子是学生，又带有电脑，两个服务生说没问题，不用加费。然后去楼上就餐，儿子点了沙爹牛肉面、汉堡，你和阿梅要的素菜面和奶茶。你和孩子合影，他有点腼腆。空调冷，你从箱子里找出他的毛衣穿上，看到笔记本里面夹着亲人通信的地址，原以为落在家里了。看时间不早了，你和阿梅准备回，儿子要送你们，而你要看着他过安检。跟随他往回走，拥抱了他一下，只见他拖着箱子，背着书包，迈开大步，头也不回地消失在安检那头，你用手机拍下他的背影，眼泪模糊了视线。心里念叨，孩子啊，老爸老妈把你扔到广阔的世界了，一切靠你自己了。早日学成归来，白发苍苍的父母在等着你啊！

走出机场人渐多，像个闹市。和阿梅乘大巴到上水到落马洲，在过关处给先生买了奶粉、点心、正红花油。23点左右回到家，先生已睡。急急忙忙开电脑看儿子的邮件，他说飞机将正点起飞，手机没信号，显示没注册，要你打10086

问一下。

　　躺在床上毫无睡意，干脆起来看从香港买的外刊。3:00左右躺下，又开始担心飞机上的儿子，睁着眼，估计到5:00睡了会儿，起床后又看新闻，还好没有飞机的坏消息。8:00打10086，原来他开通的是简易国际漫游，香港不能用，但到瑞士可以用。果然午饭后收到儿子从瑞士发来的手机短信："我到了，嗯，到了，刚刚在安检。已经上校车了，马上就去学校。晚上给你发邮件。"心从天上落到地上。一夜未眠，典型的焦虑症。

4

秋光里渐有凉意。你喜欢满屋阳光。孩子走了，屋子空了点。但不觉得他离得有多远，一个电话打来似乎近在咫尺。他发来在瑞士拍的照片。多么安静美丽的地方啊，阿尔卑斯山的冰雪，闪闪的湖光，寂静的小镇，清新芳香的空气，你觉得让他去那么好一个地方，对孩子无愧了。

你告诉他你在读瑞士小说《海蒂》，梦见和他一起在阿尔卑斯山采摘野花。儿子从小是个爱交朋友爱热闹的孩子，很少沉静下来面对自己。你希望他除了学习，还要学会享受孤寂。让阿尔卑斯山的风，日内瓦湖的波光，涤荡性格里的懒散和迷茫。

一晃就一个半月了。儿子说出水痘了。原来他长这么大还没出过水痘。他声音低沉，沮丧里有点孤独。你开始焦虑，发短信给他："我刚问了当医生的姑姑，她说问题不大，静养一周自愈，注意不要感染引起并发症，可能是你太累，免疫力下降引起的，千万不要熬夜，要去正规医院看病，看完病来电话。"

他告诉你看了医生，就是水痘。医生开药了，也吃了，休息几天就好，而你仍在想象力的激发下焦虑。听到电话里同学进屋送信给他，担心是不是又有了新情况？其实那只不过是医院送来的医保卡，方便下次看病。听后你才放心。从他的声音里，听出他好了很多。这几天查资料、寄药品、发短信，发的短信都可成水痘治疗护理小册子了。听到他声音里的轻松，你才放心地睡了一觉。照镜子，发现自己又老了一点。倒是先生很平静："有什么好担心的，他是在很好的国家，有很好的医疗条件，一点小病就把你急成这样。我16岁在部队，深夜站岗放哨，冻得发抖还不是过来了。"你不能理解男人的理性。想着孩子在家感冒生病，都是全方位地护理，现在是鞭长莫及。

　　一周后孩子的病好了，正给手机充电，就收到儿子的消费短信。大数据时代信息真快，难怪年轻一代人嫌长辈啰唆。没耐心阅读交谈，没耐心深入了解，被信息化的一代，看所有的人都一样，最后只有一条出路，去信息化。去面对真实事物，去实体店体验，去读真人书，这种体验将越来越昂贵。

5

台风到来前阴沉闷热。先生不肯去水库坝上，受伤的脑神经对天气敏感。他在院子里散步，白帽子在树丛里一闪一闪，走得有点快，一圈又一圈。你跑近告诉他慢点，他调控不好，走路只能是这个节奏，专心致志不喜欢你跟他说话。脾气好时他还编顺口溜自嘲："妹妹牵着瘫子哥，一拐一拐笑呵呵。"你看他偷着乐，问他笑什么，他说："想说，说不出来。"在院子里散步的几个老奶奶总冲你先生打招呼："大叔好！"他问你："她们都八十岁了，怎么还叫我大叔？"

院子里的老人，宁静如水。看你一人匆匆来去，微微一笑，看你搀扶着先生亦步亦趋，也微微一笑。那微笑让你感到时间从没有流逝，真是冻结时间的笑容。她们总是平静的姿态，平静的笑容，坐在日益高大的棕榈树下，像树一样安静，注视身边上班上学的孩子，神思却在另一个世界。

以前你以为抱怨社会、抱怨他人是老年的标志，现在看院子里这些老人才懂了，看什么都没区别，看所有的人都好，按万事万物本来的样子去看，那才是老者！能静才算老，你看晒太阳的老人一动不动，和阳光融为一体，流逝的时间，只是他们在此空间或彼空间的感觉。他们正享受那感觉。你对先生说："我们80岁时也像她们一样，坐在这，是吗？"先生说："我一定要陪你活到80岁。"

6

早上牵着先生去水库走路。十多年前种的小树已经绿叶
成荫，在晨雾和阳光里看上去深邃迷离。孩子们还没上学，
上班的人还没出来，东西大门进出的只有几个老者。你对先
生说，我们好像住在一个动物园里，最先出来的是年长的动
物，大多睡不着，动作迟缓，身有残疾，或面目丑陋，在人
迹稀少时出来，享受阳光和树林的芳香。

你告诉他有次去公园很早，路上几乎没人，见两个老妇
人靠着一棵大树蹭背。走近看显然是老姐妹，暗暗吃惊，从
未见过如此苍老的面孔，皱纹像汹涌的漩涡，眼睛像蜗牛的
壳。如果不是在动，她们跟苍老的树干没区别，她们和大自
然的朴素浑然一体。为了内心的那份尊重，你赶紧将目光移
开。不敢去惊扰那份朴素，她们也没想到在天麻麻亮时会遇
到外人，看你的眼神也有些惊恐。

你对先生说，社会化了的我们不知道自己是谁，其实只
是动物，年老的或年轻的或年幼的动物。社会化程度越高，
越忽视了自己的动物性。在先生生病的这些日子，你真正感
到作为动物的你们，能吃能动就是幸福，不知不觉和先生就
爬上水库大坝。他今天力气很足，你不去专注于他，不纠正
他走路的姿势，就没有矛盾。

先生越来越好。你裹在暖融融的被窝里，听他在卫生间
的洗漱声，他能洗自己的内衣袜子了，早上还去倒了垃圾，
兴奋地告诉你，他走楼梯上了这八层楼。先生好了！你感觉

像养大了一个孩子。现在你没多少担心，他积极向上的生活态度令你喜悦。这八九个月里，在他走路不稳，冲你发脾气的时候，你也非常沮丧压抑，现在总算走上了正轨。

正值这个城市的读书月，有你喜欢的电影、音乐、市民文化大讲堂。他总要你出去玩一下，而你已习惯守着他。疾病令人脆弱，在单一寂静的生活中你豁然懂得了你就是他，你已经把他当作自己了。

时间在光线里移动，在房间里游走，像个古老的精灵滑落在玻璃上。透过高楼缝隙，最后一缕阳光将时间撑住，在尘埃里闪烁。想着北方寒潮滚滚，熏黄的太阳挂在田野落光叶子的树枝上，土屋窑洞前穿着棉衣晒太阳的老奶奶，老奶奶篮子里有针线花布头，有被黄土高坡的风吹皱的手和脸。你看看镜子里的你，仿佛自己就是那个老奶奶。

雾霾又来了，笼罩了全国近一半的国土。新闻报道：今年（2013年）从华北到东南沿海，甚至西南地区，已陆续有25个省份，100多座大中城市不同程度出现雾霾天气。晨练的人也戴起了口罩，深圳也被锁进了烟雾之中。家里飘着舒缓的音乐及藏香、茶香和面包里的迷迭香味。打开电脑看孩子发来的照片——瑞士山里清洁的光线和雪景，你仿佛嗅到了凛冽寒气里松树的芳香。午后阳光明亮了，去水库走走。你欣赏眼前这个静心亭，往事如干枯的黄叶斑驳在记忆里，想起无锡的西山、太湖、苏州园林……记不得是哪个民宅或小院，只记得欣赏时的心境，心里有一幅画和不可言传的感动。

8

　　翻着那一摞牛皮纸笔记本，你想弄一本家庭读本。在冬日的意象里，开始整理手记。忽然怀疑往日跑步锻炼后，借着脑细胞的活跃，一口气写成的东西有多少价值。不过是无意识的记录，有时怕脑神经元受阻。笔尖在纸上飞跑，深刻的、肤浅的，一股脑儿冒出，写完了自己都不想多看一眼。随心所欲乱写于你是一种快乐，不喜欢目的明确、精心制作，觉得那与真实存在的状态相去甚远。而潜意识写作，可以发现另一个真实的自己。当然也可能是制造了一堆文字垃圾，以此证明自己的存活。

冬天落日在你心里激起万千感慨，那是北方农村黄土屋前金色的落木，是故乡大山里温暖的炭火。残阳落进树林，三只鸟向南飞去，又有两只飞去。一只白鹭也孤独地向南飞。整座山暗淡下来，寒气在林中升起，刚刚还金光闪耀的树林瞬间阴森晦暗了，如一个充满激情、才华四射的人一下子才气燃尽。太阳落山，一切都熄灭了。太阳是个伟大的魔术师，你想着落日里的远山是那么辉煌绚丽，灰霾散尽

以上是先生誊抄你的文章。他 2014 年 6 月 20 日留在笔记簿上的最后几行字。没抄完，连句号也没画上。

先生病后，爱上了练字。把中学生古诗词习字帖都写完了，会背诵的古诗词比你还多。你看他的字越写越漂亮，你说我们做个家庭手抄本，留给孩子看。后面他便把抄写你的文章当练字，每天写上一页或两页。他写字如绣花，字迹清秀美丽。他在记事本上写着：6 月 20 日，抄一红文 1.5 页。这是他生前最后的一行字。

2014 年 6 月 21 日夏至清晨，先生下楼在院子里走路。上午看球赛、看电脑。午休后看电视，和大弟弟一家通电话。晚饭后呕吐昏迷。120 送北大深圳医院。脑干出血。重症监护室昏迷 14 天后去世。

夏至

自你走后
每年的这一天
太阳都如此耀眼
正如六年前
儿子微信发的那张
霞光万道的照片
上面写：
夏至的日内瓦 22:10 天还没黑

孩子没想到 就在那一刻
他的太阳陨落了
你倒下了再没醒来

孩子在你的病床前
给你讲国外的趣闻
他相信老爸一定能听见

夏去秋来，我数着时间
用你的雪花芦荟和沙漠玫瑰把你祭奠
而孩子常常不在身边

2018 年夏至

他离家去上海创业

走时还安慰我

当初你和老爸来深圳

不也是从零开始勇往直前

今年他带女朋友回

走时我说今天是夏至

在父亲像前行个礼吧

愿他在天堂保佑你们

自你走后

夏至这天的记忆

就成了永久的思念

2020-06-21 夏至

故乡四面环山，西边连绵起伏的山峰有座小山，酷似金字塔。小山的斜边还有两座犬牙似的山峦，弟弟说那叫笔架山。先生的墓地，就在那山下不远处。站在父母家的小山坡上，能看到太阳在那山背后落下。

先生的生命，正如这冬天的太阳落得太早了，天还没黑，远山还在呼唤，他还有好长的路要走啊！

太阳一点点下沉，散发着温热的光芒。灌木林里一群初生的麻雀此起彼伏，颤动着神奇的光。它们在尽情享受生命的欢乐，享受黑夜降临、寒气袭来、万木萧疏前的温暖。

魂归大山

挖掘机把丹霞地貌

变成了一块红色广场

残留的山脉护着新盖的楼房

山脊上有木栈道、亭子

一棵枯树挑着夕阳

橘红的松针、狗尾巴花草

抚摸冬日的温暖

山谷里的荷塘、稻茬

铺陈出古典的意象

几年后那里挤满了楼房

山坡上竖起了基站

蕨类植物失去了睡眠

山胡椒花也愁容满面

你远眺落日里的金字塔

弟弟说它叫笔架山

先生的墓地就在山下

清明节冷风细雨

往墓穴撒下从深圳带回的落叶

亲人们把最后一铲泥土盖上

先生的灵魂早已展翅飞翔

你又看到他在山里扶贫的身影

听到他向千山万壑呼唤

你信万物有灵

如他信故乡的山川

2020-11-28

11

整理先生的遗物。照片上的他，在日本考察，笑容满面，西装革履，气宇非凡，那时他是奥士达公司的技术部长。后来公司垮了，珠海理想公司的日本人到处打听你先生杨伟布，要他去。他半开玩笑对你说："我父亲从小打日本鬼子，我怎么能去给鬼子做事呢？"他去了自己人的小公司。

两年后，原奥士达公司销售部经理从珠海日本理想公司退出了，找你先生一起成立了汇远数码科技有限公司，想把日本人的制版印刷一体机国产化。你先生以技术入股，还投资了十万元，去广州复印机厂开发一体机。你试图阻拦他，他有高血压、糖尿病，离家远，吃不好、睡不好。他却对你说："现在中国还没有自己的一体机，像广复厂这样的国有企业组装一台日本理光机才 300 元，连工人的工资都发不起。我们要是搞出了自己的一体机就不再受日本鬼子的欺负。我有把握会成功的。"

他去了广州，你们成了周末夫妻。那正是"非典"肆虐的日子。在冬天的寒风里，看着他日渐消瘦的身影，你心里有无限悲凉和忧伤。这期间，弟弟去广州看他，说他与工人吃住在一起，宿舍靠近高速公路，晚上休息不好。你越发担心，只盼他周末回家改善生活，但他忙起来几周不回也是常事。即便回到深圳也没好好休息，不是跑赛格电子市场采购，就是帮公司修设备，也没时间去医院，自己买了二甲双胍对付。

广州两年，伟布带着几个学生和工人终于搞出了自己的高速油印机，获得了广东省高科技成果二等奖，奖金80万元，他分文未取。听说钱给广州复印机厂发工资了。

回到深圳的他又黑又瘦。当医生的弟弟找了专家给他看病，开始打胰岛素，血糖得到了控制，人渐渐胖了点。汇远公司拿着你先生的科研成果和北京颐华公司合作。一体机开始投入生产，前景似乎很美好。可一年不到，公司总经理借口杨伟布身体不好，要他离开。

伟布离开了自己研发出来的机器。分到的一点技术股不如你当教师的收入。

先生对你说："没赚钱，也值得。能把一体机研究出来了，很有成就感。最高的奖励不是钱，是我玩了一把。"他还说："一体机这个高端技术搞通了，其他的技术都是小儿科。"他很快乐。那份快乐伟布上小学时就已经体会到了。他常自豪地对儿子说："你老爸小学四年级就能装半导体收音机了。"1977年高考，杨伟布是你们地区理科第二名，政审适合国家保密专业，被录取到南京航空航天大学。他是少数既精通电子技术又懂机械技术的人才。2000年被深圳市机电设备招标中心聘为专家评委，他曾三次获得深圳市、广东省高科技成果一等奖、二等奖。他去世后，奥士达公司的老领导无比惋惜地说："我们失去了数码一体机研究领域的领军人物。"

伟布是1992年停薪留职来深圳的，当时中国科学院武汉分院的叔叔推荐说，深圳奥士达公司和深圳迈瑞公司都与科学院有合作，你可以选择。叔叔又说奥士达全国市场已做开，迈瑞刚起步。伟布便去了奥士达公司。公司同事开玩笑说老总专门为杨伟布成立了技术部。

其实伟布更擅长医疗器械。在老家，医院的医疗设备坏了他都会修。他曾遗憾地说，当初要去了迈瑞公司，人生又是另一番景象。

伟布去世后，儿子在文章中回忆最后一次与父亲通电话："那天是父亲节，在日内瓦实习的我，利用休息时间给父亲打电话。在电话里他和我说了很多，为我的未来作了很多设想。还讲了他自己的人生规划，他说等他病好了，还想再有几个发明创造，特别讲了他想开发骨传导助听器。他说老人听力减退，通过耳道接收声音能力变差，普通助听器杂音大。爷爷听力不好，给他买了助听器，也不愿用。骨传导是通过颅骨传导声波震动，直接刺激感受声音的神经。他说他用电振荡片试验可行，还画好了音频放大设计图。"

伟布走后两年，你在深圳高科技博览会上惊喜地发现深圳一家公司已把"骨传导助听器"做出来了。他的愿望实现了。

先生对技术有份单纯的热爱和单纯的思想，他认为技术不仅直接造福于人类，也是一个人安身立命之道。人有一技之长，就不会阿谀奉承，也不会低三下四。他用自己的生命去钻研技术，点燃自己技术发明创新的热情，即使在病重期间，他还在给上门求教的年轻人指点技术，还在构思研究新的产品。他不计名利，沉浸在技术创新的快乐中。在无私忘我的研究工作里，他提升了自己的人生境界，获得了厚重的人格。

整理先生的遗物，看到他的几个笔记簿扉页都抄写着这段话：

　　我们大多数人的体内都潜藏着巨大的才能，但这种才能酣睡着，一旦被激发，便能做出惊人的事业来。而人只有到了前无去路，后有追兵，感到一切外援都已丧失的时候，才会发掘出全部的力量。

——奥尔森·马登

你把先生的座右铭刻在他的墓碑上了。

　　整理先生为我做的手抄，将它们输入电脑，今天全部完
成。此刻有奇异的光照进房间，照亮他种的花。我跑到阳台
看见西边的天空有一道耀眼的光，如利剑劈开厚重的乌云，
那光芒急速地在天空奔跑。它让我信那就是先生的灵。

▲　先生伟布生前抄录的我的文章

灵

　　办完先生的丧事

　　妹妹陪你去库区的森林

　　她突然看到路边树枝上有条蛇

　　你小心翼翼凑近再凑近

　　真的是蛇，多么温柔的眼睛

身体却与树枝同形
莫非是先生显灵

春天的脚步似乎很轻
裤脚被什么扯了一下
回头一看，一条漂亮的蛇
盘身正坐、伸长脖颈
看你的眼神极其平静

"你坐在这干吗？"
你忍不住问
像见到了久别重逢的亲人
奇怪自己一点也不害怕心惊

到了夏天
野花绽放，露珠晶莹
一条翡翠般的小蛇在草丛中蠕动
"你刚出生吗？
在这里晒太阳吗？"
它好奇地听着你的声音
然后悠闲地钻进了绿荫

又一年
林子里挖沟渠铺电缆装路灯
生灵惶惶不安诡异神秘

一条从未见过的巨大长蛇
在你前面横穿道路匆匆逃离
它感知到了人类的计划？

万物都在给人暗示和提醒
人类却以万物的灵长自矜
一切皆量子的叠加和纠缠
放低自己就能感应

冬
眠

IV

云　游

冰 岛

从冰岛雷克雅未克机场出来坐上旅游大巴，窗外是一望无际的火山岩，像麻花、像绳索纠缠到天边。要不是下着小雨，要不是雾气弥漫，还以为到了月球，难怪第一个登月者阿姆斯特朗选择冰岛作训练基地。看着这酷似月球的地貌，透过这些奇形怪状有些狰狞有些恐怖的火山流纹岩，你头脑里快速复制着五千万年前火山喷发，火山岩形成的景象：炽烈高温的岩浆裹挟着冰川，搅拌着火山灰奔腾咆哮，扑向广阔的平川，汹涌沸腾。最后那是一锅黑褐色的粥，扑哧扑哧冒着热气，冷却成这般模样。

冰岛 1/10 的地貌是由火山熔岩形成的。此外，冰岛有几百座火山，有 40-50 座活火山。冰岛的地形像只碗，这碗里还装着无数的温泉、间歇泉。乘车一小时左右，抵达了蓝色温泉。世界最著名的露天温泉，被黑色火山岩环绕着，户外 10 度，飘着细雨，你在粉蓝色泉水里畅游，忘掉了失去亲人的伤痛，感觉像是到了另一个星球，进入了忘川。无法想象人间还有这般仙境。

第二天，开始了冰岛的金环之旅。在辛格维利尔国家公园，双脚横跨北美板块和亚欧大陆板块的分界线，导游说现在这个裂缝仍在以每年两厘米的速度分离。在黄金大瀑布，听从天边奔流而来的激流，在陡峭的悬崖截成两段，跌坠峡谷发出巨大的轰鸣。在盖锡尔看间歇泉直冲云霄。无论在哪，

▲ 冰岛·冰河湖

你都被大自然隐藏的巨大能量和改变陆地形状的威力震慑。你心里失去亲人的悲哀，在自然里得以释放。在冰岛和自然如此贴近，你发现自己更像一粒火山微尘，卑微而渺小，如是想对生死也就释然了。

在维克小镇一家餐厅，墙上挂满了极光、冰川、熔浆鲜艳至极的照片，透露出离奇怪诞、超越现实的壮美。维克小镇是冰岛最古老的一个小镇，它谦卑地俯卧在南部海边。餐厅广场上飘扬着一面"联合国旗"，上面印有美国、中国、英国、加拿大、日本等十几个国家的国旗，欢迎着世界各地的游客。维克小镇也是观赏海蚀洞、海蚀崖的地方。岸边的风琴岩峭壁呈现整齐的棱柱形排列，看上去像一架巨大的管风琴，地质结构上叫柱状节理，是火山岩遇海水急速冷却收缩的结果。在强劲的海风里，你仿佛听到由玄武岩组成的风琴键，演奏当初火山岩被海水雕塑的声音。

当然，在冰岛最令人难忘的是瓦特纳冰原。它位于冰岛东南部，面积有 8450 平方千米，是欧洲最大的冰原，仅次于南极冰川和格陵兰冰川。汽车由西往东，在辽阔的海岸平原上远远就能看到瓦特纳冰原，它在湛蓝的天空下闪着神秘的幽蓝的光芒，在车的左前方与你遥遥相望，你以为很快就到达，几小时后它还是可望不可即。

原来你看到的只是冰原舌前沿，如一个巨大磨盘的手臂在推动着大地的旋转，而那巨大的冰原只有乘直升机鸟瞰了，可惜没这个项目。但能乘水陆两栖船体验冰河潟湖。近距离观赏冰川，品尝几千年前的冰块，那种空灵剔透的味觉是"舌尖上的中国"所没有的。

冰岛三日，看到的只是冰山一角。这个神秘的国度，让人睡意全无，现在 23 点，太阳还挂在天空。你想起了冰岛的国歌："你的子孙把太阳镶上你的王冠。对于你一天就是一千年，一千年就是一天。"

冰岛之行，我永远的怀念。

2015−07

德 国

飞机清晨抵达法兰克福，在罗马人广场逗留片刻就去铁桥上漫步。美因河在迷茫的晨光里静静流淌，河岸教堂的尖塔、金铜色大钟，尖锐又笨拙地在阳光里沉思。你好奇地想那又粗又硬的针脚，在缓缓走动吗？听到钟声悠扬，你才回过神来，怎么都觉得是下午黄昏的时光，钟声却告诉你现在是上午 10 时。你的意识还停留在北京时间。

汽车驶出法兰克福往海德堡，窗外是飞驰的森林，似乎能看到叶绿素在骄阳下蒸腾幻灭。德意志的民族精神与这茂盛的森林有关，深刻的思想源于其生活在极其宁静的世界。正是这广袤无垠的森林让德国产生了无数伟大的哲学家，成为最富有哲学思辨的民族之一。

看到了孩子相册里的那座桥，海德堡的老桥。导游说，这座桥有好几个世纪了，但这不是最初的那座桥，这是二战后照着原来的样子重建的。这桥一共重建了七次，但一直保持着最初的模样，德意志的历史精神由此可见。

走过老桥，公路对面有一处上山的小径。一条窄窄的陡峭的红砂石巷道，像是老城墙的遗迹，斑驳的青苔弥漫其上。即便是中午，这条通往半山腰的巷道依旧幽暗清凉，你和阿霞跑到了前面，到第一个平台已是气喘吁吁。继续拾级而上，终于看到了半山腰上的那条哲学家小径。

这就是你魂牵梦绕的哲学家小径？它比你想象中的宽些，不是长满野花和青草的小径，而是铺了红砂碎石的马路，

▲ 德国·哲学家小径

山下的内卡河与古城的红屋顶在阳光下熠熠生辉。你想起了故乡五峰山顶的路，山下是美丽的清江和整座山城，山上有护士学校、烈士陵园，还有你工作的党校。时空在脑海里任意折叠转换，但并不影响你欣赏眼前错落有致的古城、典雅的拱桥、高踞山坡的城堡，那古堡像一幅中世纪镂空的浮雕挂在山崖上。

摄下绿荫树影里的红砂岩，大步向前。想着黑格尔、康德、胡塞尔、海德格尔，其实你从未读懂过，偶尔读他们的作品是为了不让自己的脑袋太简单肤浅，然而终究是简单又肤浅。你想那些大师也在这条路上走过吗？他们深奥晦涩的思想是在这条清晰明亮的小路上产生的吗？据说在这条路上唯一留下名字的，是诗人赫尔德林，有块红砂岩石碑上刻着他的名字和诗。但你们没看到，可能还没走到吧。同伴阿霞说："后面没人了，大家都往回走了。"你们往前又走了一段，在一个拐弯处看到一道铁门和几个老外。你们便折回，一路小跑，没耽误乘缆车上对面古堡的时间。

一位身材小巧、声音柔和好听的中国女士带你们进城堡，她拿着城堡的钥匙，打开一扇又一扇沉重的大门。参观了地下室、过道、外墙、城堡主人的房间，最后登上城堡最高层，在满目沧桑的断垣残壁处，在夕阳余晖里，对面半山腰那条若隐若现的哲学家小径，仿佛若有所思，注视着内卡河蜿蜒在红瓦屋顶深处，流向远方。

满目青山夕照明。用一种宁静而有限的眼光来看这个世界并对所看到的世界满足，这就是哲学。不记得这话是哪位哲学家说过的。

乘缆车下山时又遇到那位中国女士，你问她这哲学家小径，因哪些哲学家走过而得名。她笑着说，你今天在小径上走过，你就是哲学家了。

冬
眠

此次行程绕德国南部大半个圈，北到维尔茨堡、班贝格，南到新天鹅堡、楚格峰、富森、慕尼黑、宁芬堡，西到海德堡、巴登－巴登、乌尔姆，东到纽伦堡。以罗腾堡为中心，游览了罗曼蒂克大道和古堡大道上的部分景点。此外，有德国境内最高峰楚格峰；也有水质最清洁的国王湖；有巴登的温泉、蓝泉，也有魔法森林；有现代的宝马汽车王国，也有历史城堡和皇宫。浮光掠影，留在记忆深处的却是中世纪的小镇、古堡、教堂、修道院。或许因为你待在里面时最宁静、最从容、最能让你浮想联翩的缘故吧。

于低缓的丘陵处远远望见一圈围墙，那就是建于1147年的莫尔布龙修道院——迄今保存最为完好的中世纪建筑。它用神秘的空旷和清晨明亮的阳光，迎接你们这些早到的客人。趁着导游去找售票员（这里唯一的工作人员），你坐在树荫里发呆。眼前是中世纪的高墙和塔楼围成的庭院，据说这是哥特式建筑在德语地区的首次运用。修士们在墙外开拓葡萄园，湖泊里养鱼，庭院里种植果菜和香草。除了冥想和祷告，自给自足，辛勤劳作，也是他们人生的重要部分。后来，这修道院变成了新教的神学院。你最喜欢的德国作家赫尔曼·黑塞，年轻时在这里学习过。这次出门本准备带上黑塞的《堤契诺之歌》，终因箱子小没带。

树枝的阴影在咖啡色的格子墙上摇曳，鸟儿响亮地飞过蓝天，庭院里三五个游客。原始、神秘、超然的氛围包裹着你，

800 多年前这里是怎样的僻静和荒凉！支撑修士们的是一种信念，灵魂只有在寂寞和清苦中才能接近真理。大自然的神秘和深意也只有远离尘嚣，才能向你敞开。

参观了修道院教堂，罗马式的拱门墙，哥特式的穹隆、十字回廊、幽居楼中的井房，同时参观的还有老外的团。他们坐在十字花园里，在玉兰树下，安静地听导游介绍。你们也很安静，只是太爱拍照。等老外走了，在花园里尽情地拍，最后只剩下你和阿霞，忍不住又穿过回廊，把整座院子又游走了一遍，体会几百年前的神学院学生在这里孑然独行。

要离开了，你们在庭院里来了一张合影，红红绿绿的倩影给古老的修道院带来浓烈的现代气息。往外走时，迎面来了些养老院的老人，老人们推着手扶车，步履蹒跚往修道院参观。

从慕尼黑乘车到纽伦堡，先去看皇帝堡（Kaiserburg），建于11世纪，是纽伦堡最具标志性的中世纪建筑，也是神圣罗马帝国皇帝的行宫，据说神圣罗马帝国每一位皇帝都曾在此住过。上到塔楼参观了皇帝做礼拜的小礼拜堂。楼里的窗户紧闭，你征得工作人员的同意开了一扇小窗，拍了一张很清晰的照片。纽伦堡城区尽收眼底，红色的斜瓦房，绿色的尖塔历历可数。听说原先的老城区在二战中被盟军炸得荡然无存，这些都是二战后按原样重建的。塔楼上面还有博物馆，陈列着古代的兵器。参观者一走动，那地板吱吱喳喳响，没认真看你就下来了。

古堡下面的通道在维修，沿下坡路往城区走。回望皇帝堡，才真正感到它的高耸和威严。

没多远就是圣塞巴尔德教堂——纽伦堡最古老的教堂，感觉宏伟精美。左拐到了一个集市广场，广场上有美丽的喷泉，有卖鲜花水果的。最吸引人的是圣母大教堂，自由活动的时间很多，因为你喜欢教堂安宁沉思的氛围，便进入教堂。背诵一段主祷文，坐在教堂里发呆四十多分钟。出来在街边买了冰箱贴和冰淇淋，然后直奔班贝格。

4

　　半个小时的车程就到了班贝格，穿过一条冷清的街区就看到了雷格尼茨河。桥上很多人，原来是下班高峰。等人流过去，你们从桥上看两岸的风光，真有点威尼斯水乡的风味。桥上立有一铜皮头像，大脑破碎，只残留一只眼睛、一只耳朵、鼻子和下巴。二战时班贝格是德国少有的没有被轰炸的古城，你猜测这就是雕塑要表达的意思吧。

　　班贝格是神圣罗马帝国皇帝和主教的住地。当年主教不愿意割舍自己的地盘，所以市政厅建在河流的桥上。这也是班贝格最有趣的地方。最好的拍照点在南面小桥上，人多，先去了啤酒馆喝啤酒。

　　班贝格的啤酒很著名。端着一大杯烟熏黑啤站在街边，冲着路人微笑，路人也冲着你们微笑。不过觉得前几天在乌尔姆老字号的百年餐厅喝的黑啤，比这一家的好。大概那天有德国香肠的缘故。乌尔姆也是一个水乡小城，坐在桥墩上细细看那些被鲜花和藤蔓装饰的半木结构房屋。德国的山墙房加上巧克力颜色的格子，随处可见。

　　喝完班贝格的啤酒就跑到小桥上去拍照。天黑得晚，夕阳正好。桥上就你和晓辉了，她去过北极和南极，摄影技术一流，在她的指导下你拍了几张漂亮的明信片。

罗腾堡位于古堡大道和罗曼蒂克大道交汇处，东有纽伦堡，西有海德堡，南有新天鹅堡，北有维尔茨堡，罗腾堡处于正中间。导游说，记着我们要去的是陶伯河边的罗腾堡。大客车停在城墙外，进入城门洞就算进城了吧，街面有点冷清，偶尔有小车驶过，红红绿绿的房子还没睡醒似的。你觉得这五颜六色的房子很适合童话里的动物居住，或身体细长、棱角分明的卡通人住。右边小巷通往古城墙，城墙上有屋檐，像廊桥。往前就是古镇的中心——市政广场，在一家中国餐厅用过餐，你提前跑去市政广场，一路上看到铁艺镀金招牌、漂亮的橱窗、橱窗里的公仔雪球、香肠、德国的传统手工食品，琳琅满目。这时广场上游客渐多，正赶上敲 12 点钟，窗户里有个喝酒的木偶人。

小镇不大。从这中心到各景点都只有 1000 多米。大家一起参观了圣诞博物馆后就自由活动，你去了对面的圣雅各教堂。从教堂出来，一个人在这个小镇随心所欲乱转，然后坐在花园那段围墙上看墙外的风景。起伏的山坡、大片的灌木丛和绿树，掩映着一两处红屋顶。

据说，1945 年这座城 40% 的古建筑也因战火被毁，然后照原样重建。德国人为何如此眷恋他们的传统？在德国哲学家和文学家的著作里，都能看到他们对传统的崇尚和热爱，也能看到他们对工业文明的担忧，与现代化保持着距离，并对其保持警惕。德国哲学家海德格尔就强调，过去与我们当前的生存相缠相绕。过去总是我们的一部分，作为活的传统而现存于我们之中。诗人里尔克曾在一封信中写道："对我们祖父母而言，一所房子、一口井、一座塔，甚至他们自己的衣服，他们的大衣，都是无限宝贵，无限可亲的。几乎每一事物，都是他们在其中发现人性的东西和加进人性的东西的容器。"

中国人是如何生活在传统中的呢？我们有诗词和绘画，可是老祖宗留下来的土木建筑，久远一点的，遇上农民起义大多一把火烧了。近一点的，战争、自然灾害等，也破坏了不少。改革开放这几十年，城市面貌日新月异，到处在开挖、在拆迁、在新建，中国人民仿佛生活在一个庞大的建筑工地上，身边每天都有高楼拔地而起。所以中国人个个说话嗓门儿大，不像欧洲人轻细如蚊蝇，似乎怕惊扰了古堡里的幽灵。胡思乱想了一阵，你起身往古城墙走。

穿过城堡花园、城堡大门，直往对面塔楼的方向。走完几百米的步行街，就看到了城墙，黑黢黢的城墙像你小时候见过的煤厂。上到城墙上，看见两个外国小孩坐在地上玩。那个女孩起身被栏杆碰了头，哭起来了，他父亲便过来抱着她。你冲他们笑笑，继续往前走。古城墙就是一条环绕古城的栈道。青石板步道只能走一个人，对面来人要侧着身子让路。用坚硬、凹凸不平的石块垒成的城墙，每隔几米有射箭口对着城外，可看到城外起伏的丘陵和灌木。石墙上还有捐赠者的姓名。另一边是发黑的木柱子栏杆，粗糙的裂纹显出历史的久远。栏杆外边就是民居院落，近在咫尺。这可是原汁原味的 12 世纪古城墙啊！

其实古城墙对你而言一点也不陌生。小时候家就在恩施施州古城南门城门洞附近。那个用巨大石块砌成的城门洞，在孩子眼里是一个好玩有趣的地方，夏天凉风飕飕，老人坐在那里乘凉；孩子们用手去摸油光锃亮的青石板，冰冰凉好舒服。变天的时候那石头还滴水冒汗。你有小伙伴家住城楼上，城墙好宽，上面居然可以种菜。后来你才知道故乡恩施也算千余年的古城。经历了唐宋元明清，至今宋元土城早不见踪迹，城楼城墙是明清的遗迹，仅存西门和南门，政府正在做一些维修保护工作。

回忆着儿时的事，你想干吗跑这么远来看德国的古城墙，转念一想，看了德国的古城墙，不是对自己的故乡有更清晰的认识吗？

6

从罗腾堡到维尔茨堡有一个小时的车程，晚餐后和阿霞去美因河畔散步。河岸停泊着大游轮，对岸山上的古堡是玛丽安要塞——大主教居住地。你能想象那坚固的城墙和深深的沟壕。远处的老桥横跨美因河上。明天会去大桥，今天就在河边无人酒吧的木椅上闲聊。

夕阳挣脱厚厚的云层把慈爱的光辉投射在平静的水面上。眼前的山丘、河畔、古堡都驻留在中世纪，历史在长河里流淌。你面对河流时心里特别安静，想起泰晤士河、塞纳河、多瑙河、尼罗河、长江、黄河，河流两岸的风景也像油画一样在水中荡漾。生活或如涓涓细流，或呼啸奔腾，或浩荡不安，你总是在岸边沉思默想，不喜欢被裹挟，更不会做弄潮儿。你这种生活态度在小时盯着故乡的河水看时就决定了。你又走神了，忘了和阿霞说了些什么，她批评你心不在焉。天快黑了，回去吧。那山上的古堡在背后默默地注视着你们。

第二天，在酒店吃早餐，透过玻璃窗又看到了山上的古堡，在飞舞的霞光里，它像身穿铠甲的勇士，完全没有昨日的阴沉和郁闷。可惜今天的行程不会去到山顶。

在古城这边下车，走上美因河老桥。桥上行人稀少，矗立着许多历史人物的塑像，让人想起布拉格的查理大桥。你不停地回望山坡上的古堡要塞，阳光正投射在它上面，沧桑之感跃然而出。拍完照，走下桥，前面正对着的就是圣基利安大教堂。

7

导游原计划在主教宫殿广场上拍集体照，因广场上的雕塑在维修，便取消，直接入内参观。地接是个中国妇女，在当地政府部门工作，兼职做导游，很机智干练。她带大家先存好了包。她说人很多，每个展厅一次只接待一个团队。你们先去参观白厅、皇帝会客厅、起居室，走到其他团队的前面，回过来再看前面两个厅。结果证明这个安排太妙了，一点都没耽误。

印象最深的是镜厅。一间房子从天花板到墙壁都镶嵌着金边的镜子，互相映照，如同一个个金色的肥皂泡。在金子沸腾的海洋，你怀疑自己的眼睛变成了苍蝇的复眼。镜厅里的镜子在二战时全被震破了，唯存一块。现在的镜厅是按轰炸前拍下的照片重建的。

走到楼下的走廊，细看了二战中被轰炸的宫殿照片。战后整座宫殿花费了两千万欧元整修，1987年才对外开放。最后你们再回到楼梯大厅。看到大厅顶部世界上最大的湿壁画，长30米，宽18米，是当时欧洲、亚洲、美洲、非洲人的平和安宁的生活场景。整座宫殿，美轮美奂，极尽奢华浮夸，繁杂堆砌，代表了欧洲宫廷繁华灿烂的年代。出来参观了宫廷礼拜堂，彩色大理石加贴金，是世界上最昂贵的教堂。

8

在十多天的行程中，你想德国人正是通过教堂、古堡、宫殿，通过战后对历史文物的重建维修，在天堂和尘世，在历史和现实，在战争与和平之间寻找一个平衡点。这也是地球人都应该寻找的。

这趟行程中，最难忘的就是新天鹅堡。一座矗立在菲森群峰中的一个小山峰上，童话一般的城堡。夜晚幻想着自己是山林中的仙女，枕着城堡的蓝月亮，渐入梦乡。

2019-08

冬眠

▲ 德国·新天鹅堡

落基山

1

去加拿大似乎是为了寻找冰雪世界的精灵。向落基山进发的第一天，天空就飘起了小雪。窗外辽阔的草原，散落着无数的草卷，一捆捆看上去很像北方农村的石碾子。崔导游说，沿途要经过草原、丘陵、山地。当山峰出现时，你觉得好像故乡的山啊！同时瑞士、挪威山脉的风景也在你心里交替呈现。落基山雄伟，不失秀丽；蛮荒，不失灵性。在这个季节，这里像一本彩绘本。你认出一些和故乡一样的树，冷杉林、云杉林其间夹杂着白杨、桦树，在秋风中金黄鲜亮。最让你痴迷的是那点缀在大树间、在冷风中摇曳着小黄叶的树。细碎的黄叶像花，空灵又离奇，无所依傍，如粘在蛛网上，在阳光里凝然不动，微风中轻柔细语。导游也不知其名字，你心里管它叫精灵树。

在库特尼国家公园，导游指着那漫山遍野灰色的树干，是十几年前的一场森林大火留下的遗迹，光秃秃的树干表皮都呈银灰色，像长出了灰色头发。这些树死了吗？十几年过去了，它们仍然傲然挺立，如活着一般。而那些倒下的也不见腐烂。导游说它们怎么倒下，就让它们怎么躺着，没人去挪动，保留着最自然的姿态。你想真是永垂不朽的姿态。

走进大理石峡谷，能看到山坡上光秃秃的树干和有烧痕的黑石。更吸引你的是清澈的溪水流过的 600 米长的峡谷，水底是五亿年前形成的白云石，它们泛着谷黄色光芒，透着大理石的质感。

▲ 加拿大·库特尼国家公园

第二天去沃特顿湖国家公园，天地白茫茫一片。导游说加拿大很少在10月初下雪。在这里，草原撞上落基山，没丘陵过渡。白雪覆盖着沃特顿小镇，小镇周围的山像中国的国画，光秃秃的树干，也是被大火烧过的吧，如细黑线条画在白雪上。你头脑里涌出："千山鸟飞绝，万径人踪灭。""高峰寒上日，叠岭宿霾云。"在湖边拍了几张照片，手指冻僵了，赶快跑到小镇上一家餐厅里点了炸鱼块，真好吃。

然后去到山顶，皑皑白雪中有一栋童话般的房子。翠绿的屋顶、乳黄色的门窗、红色的屋檐，这就是威尔士王子酒店。即便不叫王子酒店，这色彩也泛着英王室的光彩。这栋七层楼高的木质建筑，看上去像春天里的一只翠鸟，屋顶那个小城堡是鸟儿警醒的眼睛？随时准备在沃特顿湖的大风中展翅高飞吧。你在雪地上胡思乱想，湖面寒风阵阵，看湖边的沃特顿小镇如宣纸上的水墨，随时会被风雪吹走。

寒风呼啸着精灵，随你们一起去到弗兰克小镇的山体滑坡遗址。雪下得更紧。从高处俯瞰白茫茫混沌的山谷，前方那个被切割掉一半的山体，于1903年4月份的一个凌晨，8200万吨的灰石从山顶冲下来，瞬间淹没了弗兰克小镇。150米厚的碎石掩埋了70多位遇难者，这是北美历史上最大的一次山体滑坡。一百多年过去了，石头铺满山谷，一千米宽，四百多米长，寸草不生。人们在这里建了纪念馆。

工作人员热情迎接你们这批冒着风雪游览的客人。明天就闭馆了，要等来年春天才开放。纪念馆里有暖气，四周展现着 100 年前小镇人们采煤为生的场景。你觉得这个小小纪念馆的设计，有点像山体下滑的坡道或挖煤的坑道。那些死难者的幽灵会来此聚会吗？在晴朗的夜晚，那些幽灵一定在山谷中飘荡。或许在另一个世界，昏暗的矿灯依然在闪烁，通向远方的铁轨、送煤的火车仍然在运行。它警示着人们，导致滑坡的原因是山体结构不稳定和地下采煤。

天色向黄昏，下山的路很滑。崔导紧握方向盘，目光注视前方，凝神静气。你们平安地回到了卡尔加里。

最喜悦的可能是你和惠平，因为被航空公司延误了两天的行李，在同学大玖的督促、催办下，已经送到了酒店。看着惠平脱下崔导借给她的羽绒服，还有点依依不舍呢。这两天全靠这件衣服帮她抵御风寒，而崔导自己只穿了单薄的工作服。这位年轻导游有一双特别明亮的眼睛，眼里贮藏了落基山的湖光山色，红红的脸庞像红亮的枫叶，全身透着灵气。你也把外套还给了团友，一位南京来的小妹妹。你们谢过朋友，拿了行李，坐上另一个导游的车，在夜色里赶往班夫国家公园住宿。

或许心情大好吧，雪光映照下的落基山在夜色里更是迷人。风雪给山们勾勒出神奇的图案：有的像弥勒佛，有的像狮身人面，也有的像猛禽怪兽，更多的就是山大王或神仙鬼怪吧。无论面目如何狰狞，你觉得里面都藏着一个温和的圣诞老爷爷，正冲着这个世界微笑呢。

3

似乎习惯了没行李，拿到后感觉事情一下多了。套上冲锋衣外套，穿上牛仔绒裤、防滑鞋，忍不住站在酒店门口，拍张照发给大玖。今天要去哥伦比亚冰原，到了游客中心，大厅里挤满了人。导游杰胜说不知今天能不能上冰原，耐心等着吧，大家先到二楼用餐。吃着香喷喷的牛肉汉堡，听同行的朋友谈论着去哪里看极光。一会儿导游过来告诉大家冰原上不去了，大雪车卡在上面下不来，正在救援呢。你安慰自己，看不到也无所谓，以前在冰岛看过。

接着大家乘车去天空玻璃步道，想象着于千尺高空的玻璃步道观察冰川造成的特殊地貌。到了才发现，什么也看不见。雪雾茫茫，抬头不见冰川，低头不见深渊。游客一个个似神仙，在粉蓝色的玻璃步道上游荡。恐高小妹妹说，幸好什么都看不见。你一手撑伞，一手拿手机拍照，根本没想到玻璃道上防滑鞋也不产生丝毫的摩擦力。一个右侧倒地，倒下的瞬间扔掉了伞，还好没扔手机。摔倒在玻璃上不疼，也没受伤，只是体会了一下溜冰的感觉，同时觉得天空步道Skywalk 这个名字很好听。很喜欢这个游客中心，周围全是雪山。你想冰雪精灵一定也在此聚集吧。

为弥补一下不能上哥伦比亚冰原的遗憾，所有团队的大巴都去了一个有激流、雪松的地方，看上去有点像电影《荒野猎人》的背景。不知是魔法湖还是佩投湖，只知道马琳湖游船因天气不好也取消了。落基山到处是风景，看不到冰川看湖水，看不到湖水看雪原。雪松在风中扬起一片粉尘，河水在石缝石洞中歌唱。人不来这冰天雪地冻一下，哪知道自己的五脏六腑早被人间烟火污染。仙风道骨也是在荒郊野岭练就的吧，人类在荒野生发出各种奇特的体验，在对自然的沉思默想中获得享受。

　　老天有眼，接下来的两天，雪后大晴，蓝天、白云、雪山都像是从天堂里冒出来的。路易斯湖如梦似幻。它的湖水源自维多利亚冰川，水中含矿物质，在阳光下呈现出层次丰富的色彩，有冰蓝、孔雀绿，还有倒映的白云。你和惠平一路小跑，想走到水源尽头，回望路易斯湖酒店如仙境里的宫殿。

▲ 加拿大·落基山脉

4

真正看清落基山是最后一天。坐缆车上到硫磺山顶海拔2450米处，俯瞰班夫镇，远眺弓河、明尼汪卡湖。在露天观景台看到一系列平行的山岭，在天边铺展。山的皱褶，角峰、冰斗在蓝天下熠熠生辉。遥想七千万年前落基山脉的形成，软流层里岩浆喷出、隆起、上升形成山脉，然后经冰川的切割打磨形成了今天这样的地貌。又想起很久前读的一本加拿大人写的书——《蓝金》，它是保护人类水资源的宣言书。人类的淡水资源正在枯竭，未来的战争是争夺水资源的争战。加拿大是世界上淡水资源最丰富的国家之一，占地球淡水总储存量的20%。正是眼前的雪山、冰川润泽了湖泊、溪流、湿地、松林。

在扎脸的寒风里，注视着天边的雪山，似乎听到沉积岩刺向蓝天铿锵的声音。它们向着天空朗诵，读数百年来人类气候变迁的秘密，读地球气象古老的历史，也留下了它们孕育滋润万物的智慧。

乘缆车下山。无际的雪松银装素裹，感觉脚尖可以碰落树冠的积雪。冰雪精灵，你们在哪儿？是去山谷了还是去湖水里了？是去了班夫镇的狼街还是驯鹿街？我多想你们也去到深圳！

2018-10

纽约自由行

1

纽约曼哈顿，希尔顿酒店26楼。

以前在书上读到的地名现在身处其中。拉开窗帘，一幢高楼逼在眼前，感觉被挤压被挂在水泥墙上了。曼哈顿的高楼都四四方方，笨头笨脑，毫无艺术感，这是为了抵抗飓风吗？

8:30，汤伟同学在酒店大堂等你和惠平。他还是几年前你们在深圳见到的样子，背着两个大包，挎着相机。他说包里有午餐，今天行程很紧，要去西点军校。先步行去纽约巴士总站，顺路可以看看特朗普大厦、洛克菲勒中心、时代广场。

一出酒店，他告诉你们这是第五大道，54街。他在前面带路，走得快，说得快，真佩服他对纽约的一点一滴如此熟悉。周末街上人很多，有各种肤色的人，好像进了世界大公园。人们脸上平和淡定，没有行色匆匆、紧张不安，很难把纽约和恐怖袭击连起来。

到了巴士总站，去年年底这里发生过一起自杀式恐怖袭击，四人受伤。这个巴士总站看上去是一个很丑陋的建筑，里面的设施也不行，电梯也有坏的。

坐上大巴，一边看风景一边和汤伟聊天。说了些什么都忘了，反正大学四年也没有和他说过这么多话。

车到熊山，很多人下车，都是登山的。汤伟说他和家人也经常来熊山郊游，但没去过熊山附近的西点军校。

进入西点军校的博物馆，展示的是武器和军人的服装，还有一个投射在广岛的原子弹实物模型，在地下一楼看到了。

因为是外国人，不能自行参观。乘指定的巴士，先到一个很大的操场，是举行毕业典礼的地方，对面教学楼前有名人塑像。导游一一介绍，你听不懂，好在有汤伟翻译。西点军校是美国将军的摇篮，艾森豪威尔、巴顿、麦克阿瑟等著名将军都在这里学习过。巴顿在校成绩并不好，他很幽默地说读书时没找到学校的图书馆。为此学校为他建了一尊头戴钢盔、身着戎装、手拿望远镜的塑像，立在校图书馆对面，让他天天都能看到图书馆。麦克阿瑟将军也曾在母亲陪伴下，在这里度过四年的学习生涯。

然后去到纪念碑，眺望哈得孙河。在美独立战争中，这里是个军事要塞。看到有人在拍结婚照，也看到了穿制服的军官学生和穿迷彩服训练的军校生。由灰色的花岗岩砌成的建筑群居高临下俯瞰哈得孙河，西点军校并不是想象中的那么森严，更像一个国家公园吧。

从西点军校回到纽约，汤伟要你们体验一下纽约的地铁。正好从巴士总站乘地铁去哥伦比亚大学，看看在那读书的侄女。

地铁里有点黑乎乎，空气里也有点油腻腻的味，就连迎面的行人也有点油光光。想起了美国诗人庞德《地铁车站》中的那一句诗："人群中，这些面孔幽灵一般显现，湿漉漉的黑色枝条上的许多花瓣。"以前讲给学生，只以为是最具玄妙意象的一首诗。现在进到纽约地铁，获得了真切的体会。地铁里的艺人，发出优美动听的声音在"黑色的枝条"里穿行。想着深圳地铁到处是崭新锃亮的，而纽约地铁于油渍、刻痕、

冬眠

138

▲ 美国·纽约地铁站

破旧里沉淀了一百多年的历史，还能嗅到工业革命的烟火味。在站台上拍了两张照片，一看似曾相识，竟同 20 世纪画家的作品一样。纽约地下空间的时间停滞了。

与深圳地铁里的低头族不一样，纽约地铁里很少有人看手机，原来车厢里没有信号和网络。车厢里有非洲人、亚洲人、拉美人等，讲着各自的语言，像进了联合国，谁也不把谁当外国人。你还看到一个流浪汉坐在车厢一角。这真是一个不同文化、不同种族融合的地方。

地铁在哥伦比亚大学那一站没停，周末总在维修，坐过了好几站才停下来。跟着人流出站、上街，穿过马路，又下到地铁往回坐。对这种情况，纽约人习以为常，说说笑笑一点不烦。过闸机，大家不再刷卡。总不能因为地铁的故障，要大家付两次款吧。车厢里有点挤，一个白人小伙儿给你让位，你要旁边的长者坐。没想到长者会中文，他笑着说："是让给你的，我不能坐。"你心里想白头发的好处，在深圳和在纽约都一样啊。

天快黑了才到哥伦比亚大学，汤伟说他女儿也是这所学校毕业的。你侄女可谓美女学霸，周末泡在图书馆。你把她叫出来，大家认识了，合影留念。然后你们又乘地铁回酒店。

到酒店，汤伟从包里拿出他的著作，送给你和惠平。晚上翻阅着他的文集——《美国，一个敢于自我唱衰的国家》，其中第二篇正是"纽约地铁交响曲"，一下子被他讲述的精彩故事吸引，亲切感扑面而来……

2

第二天说服了汤伟来酒店一起吃早餐，然后坐地铁去大玖家，进到地铁才知道往新泽西的车停开。汤伟说，这就是纽约地铁让你又恨又爱的原因。纽约地铁有一百多年历史，有三分之一的备用轨道，常年维修，周末是维修的最佳时间。2012年"桑迪"飓风使纽约地铁受灾之后，全面更新，所以现在是在大修。你们只好步行去码头乘渡轮了。时代广场像还未睡醒的样子，大街小巷很寂静，十几分钟的路程，正是早锻炼的好时机。在码头大道上看到中国大使馆，你说好多天没看到五星红旗了，有点激动。惠平说，见到大玖，我们就说你在这里激动，耽误了时间。

大玖和她先生开车来码头接你们。和很多美国小镇的别墅一样，大玖的家环境幽静。一屋阳光洒在她精心照料的常绿植物上，有墨西哥铁树、绿萝等。客厅墙上挂着凡·高的画：沙滩上的渔船。一派温馨，家如其人。周末他们的儿子也在家，是一个斯文清秀的小伙子。大玖的先生很儒雅，颇有绅士风度，白皙的皮肤和气质看上去颇有老外的味。惠平说，还不知道杨哥哥原来就是武汉人呢，他俩开始说武汉话，但他没武汉人的粗声大气。

大玖让先生开车带大家去普林斯顿大学，路上接上朱建民。同学难得见面，更难得在国外见面，兴致高昂，家事国事天下事，聊个没完。你时不时提醒低声点，怕影响了杨哥哥开车和汤伟同学的导航。杨哥哥路线不是很熟，和汤伟一

141

起细心探路。导航仪的灵敏度不够，有时难免开过，一个多小时才到了普林斯顿。杨哥哥说车停在这儿，你们同学尽兴玩吧，我自己到附近转转，回来打手机联系我。

你心里想这就是绅士的得体，给他人留有空间，也给自己留有空间，避免了尴尬。这个分寸和度把握得多好啊！处处体贴细心又不着痕迹。国人常犯的毛病是缺少距离，界限不清，不在乎别人的空间，喜欢热闹掺和。

普林斯顿大学历史悠久，古朴庄重，维多利亚式的校园，学院派哥特式风格，随处可见百年老树和开阔的草坪。周日校园很安静，游人很少。有一处学生中心是开放的，几间教室里有学生围坐一起拿着笔记本电脑在讨论。

汤伟在楼上找到了爱因斯坦上过课的教室。

"现在欢迎汤教授讲课。"

"我今天要讲的题目是人类应该合理利用原子能。大家都知道爱因斯坦为核弹的制造提供了科学理论基础……"

哈哈哈，仿佛回到40年前大学读书时，好开心。

从教学楼出来，到停车场找到杨哥哥，开车去爱因斯坦的旧居。爱因斯坦最后的20年是在普林斯顿大学度过的，他生前说不要把他居住的地方变成人们朝圣的纪念馆。所以爱因斯坦的白色小别墅，外面并没有纪念铜牌，同周围的房子一样现在也有人居住。汤伟找一位教工问到门牌号，你们怀着朝圣的心情在此留影。

回到大玖家，大玖请大家吃马来西亚菜，咖喱牛肉、印度薄饼、龙虾面等一大桌。在座五位同学，一个班一个代表（就缺二班的），大家畅谈着读书时的往事。同学相见，无论中间间隔了多少年，无论是老了还是丑了，看着看着就看回去了。过去和现在的模样在脑海里不断重叠、重建、生成，同窗之情油然而生。

饭后，大玖开车带大家去夜游华盛顿大桥。不知什么原因堵车了，下车才知道，十字路口红绿灯出了故障。让大玖和朱建明返回，你们三人步行过桥。前面十字路口一片黢黑，挤成一团。你们在车辆中艰难穿行，寻找上桥的路。碰到一个背着大提琴的老外，也是要上桥去河对岸，在他的帮助下找到了引桥。

即便是在黑暗和微弱的灯光里，也能感受到华盛顿大桥的雄伟壮丽，这座百年老桥是美国第四长的悬索桥。每天约有 30 万辆车通过，耳边车声如潮水汹涌，远方是曼哈顿璀璨的灯光，桥上几乎没其他行人。汤伟在前，你在中间，惠平最后，三人像巡逻小分队，在大桥二层的步行道的铁丝网中，迎着哈得孙河的猎猎寒风，大踏步前进。要是能回到大学时代，一定要和同学们去这样夜游武汉长江大桥。

3

出酒店门，过几个街区就到了中央公园。天下雨，和惠平决定坐人力车游公园，如果坐马车只能在公园外围转。吉尔吉斯斯坦小伙子载着你们，每个景点都可以下车拍照。第一站是毕士达喷泉，这里森林和湖水相连，是中央公园的核心区。中央公园很大，有340万平方米。在高楼林立的中心区，保持着原有的地貌，道路起伏，顺势而行，很自然。这点与深圳的荔枝公园相似，当然荔枝公园小得多。中央公园有环形车道、马道、林荫道，周一游人少，一路可以见到雨中跑步的人。随处可见大大小小的湖泊、森林、草坪、运动场，你喜欢这种宏大的田园式的自然景观。和中国的苏州园林、欧洲的皇家园林比，150年前美国人创造的中央公园是一个里程碑，标志着园林已不是少数人的奢侈品，而成了公共空间。纽约中央公园还是集会、庆祝、音乐会等活动举办的地点，也可以说是个市民广场。

两个小时游完了中央公园，坐上的士直奔布鲁克林大桥。过了蓝色的曼哈顿大桥，古老的、闪着钢铁锈色的布鲁克林大桥就在眼前了。桥身由万根钢索吊离水面，桥分上下两层，下面走汽车，上面为人行道和自行车道。桥上的路是木板的，而桥身两边是巨大的钢块和钢管，感觉这桥就是一堆钢铁，笨重厚实，如美国人民钢铁般的意志。桥上是各种肤色、各种语言的游人。纽约无愧于世界大都市，走在吊桥上不停回望曼哈顿下城区，那些四四方方强壮无比的摩天大楼在涌动的乌云里散发着这个国家的强大和霸气。在桥中心，可以远眺自由岛上的自由女神雕像。桥中门是哥特式的尖拱，张开了密集的钢索。于此想到了蜘蛛侠、蝙蝠侠，有进入电影的感觉。在拱门边发了一会儿呆，往回走，还要赶着看"9·11"国家纪念博物馆。

"9·11"遗址。林立的高楼下，最引你注目的就是那个白色的像鸟的翅膀的建筑，它是纽约世贸中心交通枢纽站，建在被毁的地铁站遗址上。这个建筑外形寓意是什么？是天使折断的翅膀？是像人们说的一只洁白的和平鸽？可是第一眼，潜意识里想的就是那撞击世贸大厦的飞机。这个外形设计，一定唤起人们特别复杂的联想。去白色建筑里转了一圈，找到了登世贸中心 1 号大楼的入口。

归零地。世贸双子大楼留下的大坑上建起了 6 米深、4000 平方米大的两个方形水池。水池四周的瀑布像水帘，不停地流动汇入池中央的深渊。这两个巨大的空间告诉人们曾经的存在，水池周围的墙体上刻着3000 多名遇难者的姓名。在绿荫下听着流水声，那水如人们不息的泪水。在这样一个空旷的广场上，愿他们的灵魂穿过黑暗，向着天国的光明飞翔。

排队、安检，进入水池下的国家纪念馆。顺着馆内的斜坡往下走，越往下越压抑，心里的悲伤和眼泪涌出。映入眼帘的是巨大的扭曲的被毁的大楼钢梁、大楼防水墙基、大楼倒塌时被损毁的救援消防车等等，纪念博物馆内一墙上刻着诗人维吉尔的诗句。

No day shall erase you from the memory of time.

（日日夜夜都不能把你从时间的记忆中抹去。）

后面的展厅，四面墙壁全是遇难者的照片，一个个鲜活的生命，灿烂的笑容瞬间将令人窒息的死亡气息驱散。你在屏幕上翻阅着他们的故事，隔壁还有一个黑暗的房间，在播放回忆音频和亲人告别的电话录音，声音里是面对死亡的镇定和安详，角落里有人在抽泣。

该出去了，原路返回。再一次细看"幸存者楼梯"，当年这段帮助数百人成功逃出的楼梯，在自动扶梯和参观者楼梯之间。你脑海里还铭刻着当年在报上读到的一个场面，是一位幸存的华裔美国人写的。她说，大家默默无声、排成单行有序地往外走，没有拥挤，没有尖叫，我们往下，消防队员往上。走出来的得以幸存，没走出来的，永远留在倒塌的大楼里。你常常想起这一幕，面对死亡，这是怎样的从容和勇敢啊！

从纪念馆出来，又登上了541.3米高的世贸中心1号大楼楼顶，可惜能见度太差。

汤伟上完课赶来，一起乘地铁去中央车站吃快餐，又赶往百老汇看了音乐剧《歌剧魅影》，再到时代广场看夜景。

在纽约的几天，信息量太大，这些流水账也只是记忆的碎片。现在回忆起来，铭心刻骨的还是乘坐游轮，近观自由女神像时的震撼。那顶天立地的雄壮和力量正是一个国家的象征。身着古罗马战袍、头戴光芒冠冕、左手握独立宣言、右手高擎火炬的自由女神，愿你的光芒永远照耀着这个美丽的国家。

2018—10

英国行

在 6 月充满凉意的阳光里，走过草地，看到一座小桥，深灰色的木桥精巧而神奇。桥身是微微的拱形，相邻的桁架交叉均呈 11.25 度的夹角。这就是以几何结构著名的数学桥，相传是牛顿的杰作，一根钉子都不曾用。它一头伸进红砖垒砌的女王学院。一个晨练的年轻人正从学院拱门出来走上小桥，你拍下这寂静无声的瞬间。现在细看照片，木桥清晰的倒影似乎凝固在历史长河中。

走在红砖房、白窗棂深长的巷子里，阳光从遥远的天际穿透云层，洒在只有二三行人的窄窄巷道。你屏住呼吸期待着，果然小巷尽头一片古铜色的光辉，壮丽辉煌的哥特式建筑展现在你眼前，林立的尖塔楼阁耸立云霄。这就是剑桥大学，13 世纪的建筑。

"国王学院""三一学院"的学生正在上课，游客不得进入。透过宽阔的拱形大门，窥探一下里面的方庭、草地、雕像，也大饱眼福。

坐在"国王学院"门前长长的石板上，看游人拍照，看蓝天白云下竹笋似的尖塔，看深灰色小方格石板路。当年轻的学子骑着单车飞驰而过，现代的气息便从这些沉郁的古建筑里面扑面而来。七八百年前这厚重的建筑里该有多少清规戒律、繁文缛节，但伟大的传统和历史也由此产生。在这里读书的孩子该是多么幸福！眼前仅这"三一学院"就诞生了牛顿、培根、罗素、维特根斯坦等大科学家、大哲学家，还有诗人拜伦，全是光华四射的人物。他们的音容笑貌、动人故事，年轻的学子耳濡目染，轻轻松松就站在了巨人的肩上，远眺世界，然后如猛虎下山，扑向社会，改变世界的格局。

这时团友钦杨告诉你："我找到了我女儿读书的学院，刚才街边一个英国老太太告诉我就在这里。"钦杨一直遗憾女儿读书时未能来此。你看她站在女儿曾就读的学院门口，抚摸那厚重的拱门，把刚拍的照片发给现在在美国的女儿，阳光下你分享着她的激动和喜悦。

如果说剑桥是悄悄地来、轻轻地去，那牛津的感觉就大不一样，如同逛大街。团友说牛津真牛！你感觉牛津是一座大城，街道从校园穿过，没校门也没院墙。到达时正是下班、放学，天又下雨，街上人流汹涌，熙熙攘攘。车道四开，风驰电掣。水雾朦胧中看不到什么，就看迎面而来的人，个个仙气十足，神清气爽。这可是世界精英荟萃之地。既然是逛街，你自然没有忘记跑进 Clarks 店，看看有没有你喜欢的那款鞋。牛津没有给你留下什么深刻的印象，在基督教堂学院拍了一张照片，仅此而已。

2

英国是一个传统深厚的国家，到处是古老的建筑和历史遗迹。但看多了教堂、古堡，却总觉得有点阴森、冷峻、沉暗，还有点腐味。

注视车窗外，是辽阔无际的原野，草地、草地、草地，到处是绿茵茵的草地。偶尔有矮树、灌木丛林划出的屏障，有团团圆圆的树冠点缀其间。从英格兰往苏格兰高地，渐渐有了起伏的坡度，逶迤的山脊，处处流光溢彩，天光追逐云影，搓揉成一幅幅绝美的风景画。你便觉得有些情绪在大脑神经里链接。

年轻时读过的哈代、勃朗特姐妹、莎士比亚以及大英博物馆里的风景画都在眼前。诗人、画家都是从这旷野中吸取灵感啊！这荒原有奔涌的激情，寂静的力量，催生出新鲜的思想。一个国家、一个民族，其文化、性格与生存环境息息相关。

山谷底的一个个小镇，动辄有上百年甚至几百年的历史。它们安然相守，孤寂如斯，早已是这个荒野的一部分。从中世纪到今天亘古不变，英国人多么爱护自己的家园啊！

英国多雨，泼墨写意的雨云，把天空和荒野连成一片。那在雨中的牛羊啊安详又温柔，大概在享受淋浴的快乐吧！它们形体优美，神态悠闲，毫无拥挤碰撞的折磨，更无狭窄空间里的郁闷狂躁。它们保持若即若离的距离，谦恭有礼。若不是头上背上染了红红绿绿的颜色，它们不属于任何人，而是大自然的一部分。这是广袤的原野生长出来的，人怎能驯养出这么美丽的牲畜？

于英国很难看到巍峨壮丽雄伟挺拔的高山，没有你观念中的贫瘠、嶙峋，也没有悬崖峭壁和原始森林。它的山丘像一群绿色的绵羊起伏平缓，上帝不用森林而是用草皮覆盖其上。视野无比开阔，高原、沼泽、广袤的丘陵、绵延起伏的原野，全在温和湿润的气候里。生存于这种环境里的人和物便有了内敛、迟缓、始终如一、保守节制的性格。

上帝真是厚待英国人。

冬眠

去英国带了本《中世纪的城堡》，想多点对城堡的浪漫和传奇的了解，行程里却只有温莎堡。游览温莎堡时天气很好，游客多，排了一个多小时的队才进入。把城堡里国王的餐厅、客厅、画室、舞厅都走了一圈，感觉好看的还是外观。

一座城堡想要动人心魄、引人遐想，那一定要远眺它，因为城堡有太多象征意义。无论它是矗立在高山，还是居于湖泊河流之畔，或隐隐约约出现在遥远的地平线上，都要给人一种震慑，让人对城堡里面怀着宏伟华丽的想象。毕竟城堡象征城主的威望，掌控着通向领主和权力之路。这也是读卡夫卡小说《城堡》时自然想到的寓意。

参观爱丁堡城堡时遇狂风大雨。顶着风雨站在城堡的最高处，可以俯瞰爱丁堡市区，在烟雨蒙蒙中感受着历史的波谲云诡。这个制高点上还排列着几门古炮，乌黑的炮口似乎在讲述着它们参与的战役。爱丁堡城堡从6世纪开始就是苏格兰的王室堡垒，见证着苏格兰与英格兰无休止的恩恩怨怨。

第二天老天放晴。在王子大道上再来远眺海拔130米的岩石上的爱丁堡城堡。你的视线除了被它的城墙、塔楼、半月炮台、皇室建筑所吸引，更被城堡屹立的山岩所吸引。那是大约3亿年前火山喷发形成的火山岩。

城堡还有一重要功能，即凭借天然屏障守护着边关要塞。爱尔兰的米斯郡特里姆城堡就是一座军事要塞，旁边有河流，河上有古桥。导游带着大家到城堡对岸的外围拍照，你花两欧元买票进到城堡，里面只有两三个游人。

一座巨大的方形建筑，可能有十层楼高，顶部转角处，四个塔上插有爱尔兰旗，在蓝天白云下迎风招展。你绕着这古堡转了两圈。花岗岩古堡虽伤痕累累，却像巨人一样昂首云天，密密麻麻的炮眼展示着它坚不可摧。而城墙可谓断垣残壁，长满了藤蔓和野草，如乱石窟，从洞口进入可看到炮眼上面布满了绿色的青苔和野草。坐在长椅上，体会这座有几百年历史的古堡在青葱的草地上，在明媚的阳光里折射着历史的沧桑和阴影。一只乌鸦从城墙的草堆里跃起，振翅飞到墙外的教堂上。教堂的塔尖透着亮光直刺蓝天。

走出城堡，看到一位老人身着十字军白色战袍，头戴盔甲、手握盾牌和利剑，精神矍铄，红光满面，在门口招揽游客。你也手握宝剑与他合影，给小费他却不要。

最后游览的是罗斯城堡。这座城堡位于爱尔兰基拉尼国家公园的林恩湖畔，周围湖光山色，野鸭成群，还是马鹿群栖息的湿地。趁着团友们忙着与湖畔野鸭合影之际，你溜进了林中之路。一条松软的有红褐色粗糙沙子铺就的路，到处湿漉漉，但因这沙子你的鞋一点也没沾湿。路边是一些从未见过的好看的花草。树林里有奇特漂亮、布满苔痕的大树，也有一些树冠断裂的古树，挺直高大，疏朗俊秀，树与树之间都有点贵族式的孤独和冷傲。忍不住往深处望，想看那树后面是不是隐藏着小动物。小镇的居民带着孩子迎面走来，今天是周末，他们到城堡草地上聚会。对于来古堡参观的游客，他们习以为常。

罗斯城堡建于15世纪。这座坚硬的花岗岩古堡，看上

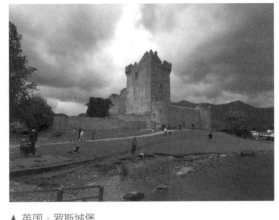

▲ 英国·罗斯城堡

去年久失修、残缺不全，却仍像一位不折不挠的勇士傲视整个湖区。罗斯城堡是爱尔兰历史上著名的军事堡垒，发生过惨烈的战斗。此刻天空乌云滚滚，罗斯城堡仿佛沉思于刀光剑影的历史烟雾中。

　　古堡在你心里还有那么多的浪漫和传奇吗？

2017-06

埃 及

从埃及回，心里总想着埃及的沙漠，非常遗憾没能去沙漠里看星星。那天到埃及是当地夜里零点，穿过酒店的花园和泳池去住所时，只见蓝天上挂着半轮明月，这是阿拉伯神话里的月亮啊！在地球另一个点上看月亮是有些不一样。

后来在尼罗河游船的甲板上看到满天陌生的星座，更是惊讶到失语。神奇的天象让你感受到地球飞快地旋转，帝王谷、卢克索神庙、尼罗河的涨落，都无法抗拒。只是在凝视金字塔那一瞬间，你觉得这个旋转停止了，时间停在塔尖无比蓝、无比深邃的那个点上。如埃及人所说，一切怕时间，时间怕金字塔。在炙热的沙漠和令人眩晕的阳光里，只有天空和金字塔是永恒的。它们在做什么？是聆听蓝天亿万年的低语，还是冥想几千年的宁静？今天的人类还能不能和它一起接收到来自遥远宇宙的信息？

沙漠中的沥青路像机场跑道一样笔直。前方是吸引你们眼球的海市蜃楼，埃及沙漠、半沙漠面积占了96%以上，热风飞撒着金粒，古老的太阳烘烤着有着千年历史的神庙。方尖碑、塔门、圆柱大厅、坐像浮雕，令人思接千载。帝王的陵墓和木乃伊在炎热干燥的沙漠里得以保存。一路参观了六座神庙和三个法老陵墓，感受了它们的神秘。

十一天旅程从北到南，由西往东：亚历山大、阿布辛贝、阿斯旺、卢克索、红海、沙漠、绿洲、尼罗河、努比亚村，走马观花，目不暇接。

亚历山大港。这里有闻名于世的亚历山大图书馆、法罗斯灯塔遗址、罗马圆形剧场、庞培柱。在东西30公里蜿蜒的海岸线上，有破旧的欧式建筑、五颜六色的涂料、裂缝的水泥墙、窗户和阳台上迎风飘扬着的阿拉伯袍子。每条街巷都通向大海，几十公里的海滩上全是密密麻麻游泳的人，伊斯兰妇女穿着黑色的长衣长裤下水。埃及人的热闹像大海一样在澎湃。

乘坐游轮在尼罗河的晨光里醒来，雄伟的太阳从东岸升起，起伏的沙丘、椰枣树、荒芜的沙漠，一派非洲风情。而西岸是肥沃的山谷，炙热的阳光和猎猎的风是尼罗河跳荡的音符。你在它的旋律里发呆，心里想的却是长江两岸的高山峡谷，雄伟奇绝，而尼罗河就像一片大海，浩浩荡荡、柔和宁静。

在阿斯旺，乘小帆船航行在岛屿、大漠和巨大的黑卵石间，前往努比亚村。夕阳下是植物园、象岛、骆驼的剪影，岸边有戏水的努比亚村妇和孩子，还有划着独木舟的男孩的歌声。

汽车穿过卢克索大桥，来到尼罗河西岸，这里是埃及美丽的乡村。闪亮的灌溉渠，郁郁葱葱的玉米、甘蔗地，农民的水泥砖房，楼顶清一色裸露着钢筋水泥（导游说这是留着以后有钱了再加高的，并非未完工的建筑）。淡蓝的晨雾中，在远方的沙漠和底比斯山脉衬托下，你感觉这些屋顶的混凝土柱子，幽灵一般，像超现实主义的作品。它们虽不像神庙里的巨型圆柱引发思古幽情，却给人现实思考。埃及人务实，一点面子工程都不要。在首都开罗也随处可见屋顶的混凝土钢筋和赤裸的水泥砖墙。

这个国家楼房破旧，火车破旧，尘土飞扬。许多地方脏乱，但几乎看不到乞讨和捡垃圾的人，也看不到违章经营的小贩，警察也很少。埃及导游阿福说："革命期间，我们把穆巴拉克的警察赶跑了，我们一年没有警察，社会秩序很好，人民很守纪律。我们要和平的革命。我们不要穆巴拉克的儿子当总统。我们现在的总统很好，他是我们自己选出来的，他会把我们国家管理得很好。"导游阿福会阿拉伯语、英语和中文，在广州工作过，对中国很了解。他讲起革命仍很激动，他指着开罗博物馆旁边那栋被烟火熏黑了的大楼，描述当时的情景，还拿出随身带的 iPad 给大家看当时的照片。不看照片，很难想象眼前秩序井然的解放广场，在革命时沸腾的景象。

或许我们都是千年的文明古国，都是发展中国家，彼此的感觉相通。埃及人对中国人非常友好，所遇到的埃及人几乎都冲你微笑，当他知道你是中国人时，马上用中文说："你好！"酒店大堂服务生一边调鸡尾酒，一边用英文对你说：I Love China, China well.

埃及人大多很沉静，不喧哗，不扎堆，慵懒悠闲，平和快乐。神在他们心里。一个人心中有神，才如此淡定和安详。

埃及人除非不笑，笑起来便太阳般明亮。神照耀着他们。

2012-10

西 欧

沿着意大利的罗马、佛罗伦萨、米兰、威尼斯，瑞士，法国，汽车一路向西向北，像一只大鸟飘在印象派的风景画里。广袤的欧洲原野，五颜六色，凡·高、莫奈、塞尚、高更，他们那么喜欢从色彩中捕捉瞬间的灵感，原来他们拥有如此巨大的调色板。

我有点嫉妒欧洲人，上帝为何给了他们这么美的山地、平原、河流，还有终年积雪的阿尔卑斯山，还有那么少的人口。沿途除森林、果园、花园、黄黄绿绿的草场，更多的是无边际的荒野，哲学意义上的永恒美丽的荒野。欧洲人永远不需要去开垦那么多的土地，不像我们要将每一寸土地变成道路、农田和房屋。

年轻时读英国作家哈代的《还乡》，那荒野有一种野性的呼唤。今天当我们被城市的钢筋混凝土压缩得失去了生命的弹性，就想着逃到荒野，或想象自己是《瓦尔登湖》里的梭罗。大自然送给你的纯净和孤独，就是你与自然的情感交流。所以人不能只用"资源"来衡量万事万物的价值，尽管从逻辑和心理上我们感觉这样不错，我们会理所当然地将地球的资源用尽，但人类不应该这样贪婪、冷漠。人类的文明里有一种野蛮，我们缺乏对其他生命的怜悯，缺乏一种好东西在那里，我就是不用它的自控力和忍耐精神，人的价值不是要让其他的事物显得没有价值。荒野地让人类更能体会生命的原初力量。

阿尔卑斯山脉里的瑞士，简直就是上帝有意放在人间的天堂，以此刺激人类的信仰。尤其是因特拉肯和英格堡两个小镇，那就是童话般的世界。在回来的航班上，我打开座椅前的小电视看童话，总想知道那些小木屋里生活着怎样的人。

上帝如此厚爱欧洲人，欧洲人也虔诚地信奉上帝，散落在无边无际原野上的小镇乡村，最美的建筑就是教堂和钟楼，远远就看见它们。光和影子在上面不断地闪烁切割，自然想起普鲁斯特对教堂和钟楼的描写，似乎听见寂静的钟声在广阔的原野里飘荡。

梵蒂冈圣彼得大教堂，威尼斯圣马可教堂、米兰大教堂，寂静中自有震撼人心的力量，令人沉思，不想离去。被中国历史熏过的我，难免有点大逆不道，总想在这一座座圣殿里，在那些厚厚的石壁之中，在那造型优雅的巴洛克浮雕后面，找出一点八国联军的野蛮和粗鄙。

穿行于罗马古老的建筑或佛罗伦萨的巷子，脚下的四方格青砖、紧闭的百叶窗，都在沉淀、累积它们的历史，几百年甚至上千年的阳光照进来，心里有了一种宁静的关照。听不到电钻和装修的声音，窄狭的街道和巷子停满小小的汽车，蒙着一层灰，不占空间，也不用心洗车，节能又环保。无论是意大利人还是法国人，他们住在几百年前的老屋里，享受着悠久的历史。

欧洲人现代的脚步踩着历史的阴影，他们非常安宁、祥和、满足，如一个慈善的老人，精心照顾着一屋的古董。可以感觉到欧洲人活得比较遵从内心、比较自我、比较简单，这与宗教有关，更与历史有关。经历了两次世界大战的欧洲，开始寻找另外的价值，与历史、自然和谐共处。

早听说巴黎的咖啡屋就是城市的文化舞台，那里产生了作家、学者、导演。读波伏娃传记，就知道巴黎的"花神"咖啡店是她的书屋。

看着在窄窄的街道旁，安安静静坐着喝咖啡的法国人，那种旁若无人的内心安宁，外界是干扰不了的。一个沉入内心的人看得出来，他要对付的只是自己，正视自己的精神，思考自己的问题。

我想起在去往法国的航班上，坐在我们旁边的法国青年，在十一二小时的飞行中比我们安静，甚至可以说是纹丝不动。对于一个安静的人或使你安静的人，或安静的民族，你不得不充满敬意。

2010-06

西　藏

火车行驶在海拔 4000 — 5000 米的青藏高原。面对这块从未涉足的天地，除了惊讶，就是强烈地感到自己贴近了天空。这高原太高，仿佛上帝托起的一只盘子，里面盛着雪山、冰河、湖泊、金山，还有野驴、羚羊、牦牛。这里没有南方的艳丽，只有朴素的灰绿、谷黄、浅褐，接近你的心情。而那湛蓝的天空，是梦境里见过的。小时候梦见自己登上了一架天梯，看到旋转的地球，幽幽的蓝。

冈底斯山、喜马拉雅山、念青唐古拉山，如此众多、赤裸、毫无遮蔽的山脉向你敞开。那里没有森林，也没有飞翔的鸟儿，永远是翻滚或漂移的云彩，将阴翳投射在山谷。河流山川在耀眼的阳光里闪着金子般的光芒，如置身于天堂的金山银河。

拉萨的街道异常干净，人少车少，没有高楼。布达拉宫，怎么看都觉得它像一幅贴在山岗上的画，你甚至想山风吹来，它会像经幡一样飘动。

高原的空气稀薄、缺氧、洁净，不像沿海潮湿、闷热、黏糊。夜晚你毫无睡意，异常清醒地失眠，是高原反应吧。同学爱华和莹丽是头疼和呕吐，症状轻微，一天就适应了。你却在缺氧的幻觉里失眠，兴奋了几天。

夜晚看窗外的星星，似伸手可摘。那些珊瑚色、金石色、青铜色的山岩蕴藏着丰富的矿物质，它们的纹理藏着暴风雪的旋律和山魂的舞蹈，酷似凡·高疯狂的星空，固化成神秘的线条。山体在昼夜的温差中悄无声息地爆裂粉碎、脱胎换骨。

你这几天不过掉层皮罢了，想着自己是一头牦牛，有极厚的皮，普通手枪的子弹也无法穿透；或是高原上一棵普通的草，极缓慢地生长，5厘米高的浅草，深埋泥土的根却有20厘米。当然最好还是做一株青稞，吮吸冻土里的雪水并储满这高原芬芳的阳光。

爱看藏民又黑又红的皮肤，像燃烧的煤块，满脸的单纯和灿烂。还有八廓街夜色里，扑拜前行、磕长头的女子，虔诚的信仰和矫健的身影令人难忘。

高原上很多事物纯净得接近残酷。站在纳木错、羊卓雍错湖边，或在飞机上俯瞰银光闪闪的雪山，你会迅速简单地爱上这神奇的高原，然后也会迅速果断地离开。但你知道你还会再来，因为你相信奇特的事情会重复，就如久别的朋友会再见。

在成都见到了阔别30年的大学同学晓岗，他就职于中国科学院成都山地灾害与环境研究所，知道你们几个去了西藏，给了同学们一个特别的欢迎：用投影仪详细介绍了西藏在全国乃至世界生态格局中独特的价值而又异常脆弱的环境，介绍了科学家们围绕西藏生态环境领域所作的重大科学与技术研究，几代人坚守雪域高原，攻坚克难，由他们所主持承担的相关研究，获得西藏自治区科技一等奖和国家科技进步二等奖，以此成果为技术支撑而编制的《西藏生态安全屏障保护与建设规划》，经国务院审议通过被列为国家重大专项。现在这一专项建设依托国家强力推进，实施顺利，前景可期。晓岗同学图文并茂的讲解，使你们对一路走来所沉醉的仙境般的西藏环境，平添了新的理性认知：西藏特异的自然秉性、重要的战略价值、因深含科学奥秘而异常复杂的建设内涵、宏阔的美好前景，还有科学家们与高原儿女以国家为后盾的并肩拼搏与坚守，深深撞击着久居内地、偶上雪原的行者的心灵……

与同学在山地所相聚时见到了西平，她在格尔木教书20年。除多了几缕白发，她是你见过的同学中变化最小的，依旧结实挺拔的身材，无忧无虑的脸简洁得和读书时一样。高原对亲近它的人有神奇的魔力。

在拉萨还认识了北京来的女孩兔兔，是同伴刘姐家的亲戚。她和先生放弃了北京很好的工作，在八廓街青年旅舍楼上经营一家酒吧，在这里寻找一种新奇的人生。生命本是一个过程和体验，与其在地球的一个点上发酵变质腐烂，何不在向远方的行走中将其磨砺洗涤张扬。儿子曾对你说他在西藏半个月学到的东西比大学几年还多。那是什么呢？是这高原对生命的启示吗？

这块神奇的土地对年轻的生命和年老的生命都有温暖坦诚的馈赠，只要你有豪迈的襟怀。前往纳木错的路上遇交通事故，所有旅游大巴无法通行，眼看纳木错将成遗憾的梦影，你们四人当机立断租了藏民的小车，同车竟有两位75岁的深圳老人。她们说有生之年也许就这一次，所以无论如何要看到纳木错。在海拔5190米的高山，在乌云翻滚的狂风里，你真为深圳的这两位老人骄傲。

你相信山水有灵，万物有灵。屹立于世界屋脊的神山圣湖，对所有想接近它的灵魂，都闪耀着苍凉而温暖的光辉。

2012—06

庐 山

你喜欢看山，因为山就在那里。即便是像包子馒头一般平淡无奇的山，你也会出神半天。你一想到大山持续了亿万年的孤独和寂寞，你的那点孤独和寂寞就算不了什么。

一座山梦着亿万年前的宇宙，如大峡谷的绝壁梦着久远的云雾，阳光梦着树木的年轮，时间梦着在地缝里流动的暗河。面对大自然的洪荒远古，你觉得人的生命恰似这深山的一阵蝉鸣，从幽深处来，往幽深处去，像很短暂的一个梦，什么也不会留下。

而人总想留点什么，便拼命破坏、拼命喧嚣，难得于静默状态中去观看和倾听这个世界。尤其是现代人，宁可在虚拟世界里聒噪，也害怕自己如山那样真实地孤独一次，当然也无从享受孤独的丰富。

现代人去登山，多半也是将其当作一种勇往直前，没有退路的体力运动，他们或是站在山顶，尽最大的肺活量吼叫，或是在悬崖边的护栏内，摆个姿势，留张照片，表明到此一游。在庐山，你看到一个女孩，安安静静坐在悬崖边，一只脚伸出悬崖外，风吹拂着她的长发、裙衫，那一刻你被她的背影感动。但很快她的背后聚集了一堆游客，他们的眼神有点紧张，嗓门儿也奇怪地压低。几个僧人蹑手蹑脚走近她，那女孩只好悻悻离去。你想，她不就是在看山吗？要找一个安静处还真不容易，哪怕是在悬崖边。

庐山不加护栏的悬崖到处都是，险要之处，无法施工吧？

在龙首崖，你蹭到黄色警戒线边，摄了一组最美的庐山云海，吓得你先生直呼你回来。想到王阳明在此处竦立崖端、涉险观景的情景，一定有种致命的诱惑。如果进入幻觉，扑进白云里，相信厚厚的云层会把你托到另一个世界。看来悬崖边不能久待，要不你遏制不住飞翔的欲望怎么办？当然不小心坠落悬崖，做鬼也干净。

今天原始意义上的人与自然的关系已找不到，人被物化，被城市化，被技术化。当人们为摆脱孤独发明了电话、电视、互联网以及各种现代交流工具，将地球变成了一个村庄时，人们感到无处可逃，人与人之间剩下的只是虎视眈眈、他人即地狱的感觉。失去了与生俱来的、与大自然同在的寂静孤独和隐私，那寂静与孤独中原初的温暖、从容、遮蔽不复存在，可以得到的原始给予不再真实直观地显现。你不禁要问：活在一个技术疯狂的世界里，你还是自己吗？

你喜欢看山，有种被大山镶嵌的感觉，你在山里面，山在你里面。在冥想或睡梦中，你总穿行于层层叠叠的群山，从石头缝里进入另一个宇宙。

你喜欢山，因为山自有一种神秘的力量，触动你生命的节奏。

古希腊哲人说："上帝在石头中沉睡，在植物中呼吸，在动物中梦幻，唤醒混沌的人们。"这句名言被刻在庐山的一块石头上。

2011-08

苏州

如果感觉与这个世界渐行渐远，面对它的混乱只有无奈，况且也不想添乱，那就去苏州吧。那座古城的粉墙黛瓦、小桥流水或许能隔离些许尘世的喧嚣，那些精巧细腻的园林或许是你理想的栖息之地。

烟雨三月，山温水软，花光袭人。独行在那个据说有八百年历史的平江路上，有一条傍河的经典水巷。那石桥、石井、老屋，依依杨柳风都飘拂着历史烟味，穿行于一个又一个窄巷，那个失落的旧世界，清幽雅致、深藏不露、才俊辈出。昆曲博物馆、评弹博物馆、洪钧状元府第都深藏在这些巷子里。大院深宅有高高的垣墙护着，挂着"控保建筑"的牌子，只能从门缝里窥得一丝幽光，有的成了学校或机关，有的成了普通民宅，让人有些失落。但仍可于残阳夕照里感受王谢堂前燕，飞入百姓家，于人迹稀落的小巷，找寻一份古朴典雅。由东往西，这些小巷尽头是正在兴建地铁的大街，由西往东，尽头是新修的公路。平江路仅三里长，北接拙政园，南眺双塔。街两旁也有老宅做了酒吧、会馆，但全掩藏在古朴的雕花门廊里，与山塘街不同，这里还没完全被商业化。

平江客栈，坐落于平江路中段，一点也不引人注目，它是明朝方氏家族的大宅，木梁瓦顶，回廊小苑，古色古香。在晕黄的绸布灯光里，似乎能感受到这古屋幽灵憧憧，梁柱间暗影徘徊，历史在此回光返照。幽静、凉爽、通透，墙上的空调实在有点破坏这古屋的意境。雕花木门漏进一丝春光，置身其间，你恍惚是那古代仕女，倩影飘来，一缕幽香，引你而去。这些老屋冷清又温暖，孤寂又安全，住在里面，全忘了新闻里天天是日本的地震和辐射，虽然老屋抗震力可能很弱。

　　清明时节，园林景区，人潮涌动。你选择人少的时候或傍晚去，拙政园、狮子林、网师园、藕园、虎丘、留园、沧浪亭，随兴所至，每天去一处。找一孤立的亭子或山石久坐，那一刻，整座园子的精致与孤寂一览无余。几百年前那些厌倦官场、功成身退、隐逸江湖的达官贵人，或看破红尘的士大夫、知识分子修筑了这些私家园林。现在你仿佛听到他们心中寂寞的风，在古气磅礴的林子间游走。阳光在这里很寂寞，花儿在这里很寂寞，那些匾额楹联也很寂寞。一丛修竹、一块顽石、一株芭蕉，都无端地含着一份寂寞，含着一份落魄。玲珑的太湖石，闪烁着冷峻孤傲的目光吗？精工细巧的木雕花窗，掩饰着无法诉说的凄凉吗？亭台轩榭、曲廊楼阁、假山池沼、花草树木叙述的皆是深深植根于中华文化的隐逸情怀。

　　一日，从木渎古镇回到市区，旁边的青年告诉你，这是沧浪亭。你立马跳下公交车，离闭园还有两小时，天下起了细雨，偌大的园子就几个游人。园里的小妹正给一客人介绍古木，你也凑着听听，那人竟问你是不是香港人。你奇怪自己哪有像香港人的地方，大概是衣着太随意吧。那客人戴金丝眼镜，着一身高档黑衣，学道深厚的样子。他说他是苏州人，每年这个季节都要将苏州大大小小的园林走上一遍。他说他家住寒山寺，家里也有一座园子，他打开手机让你看他园子的照片。原来你遇到了一位城市隐士。

对于隐士与隐士文化你从无研究，但它天然存在于中国文化人性格中。穷则独善其身，达则兼济天下。自古以来就那么存在着，或在名山大川，或在苏州园林，或在荒郊野岭。你没法判断其积极或消极，那只是一种生存方式，是用短暂的生命与自然沟通的一种方式，或者纯粹思考的方式。

年轻时你欣赏不了园林这种经人工修葺、螺蛳壳里做道场的东西，只喜欢"大漠孤烟直，长河落日圆""天苍苍，野茫茫"。你相信人隔一段时间要去亲近粗糙的自然，才能磨砺出强大的生命力量。现在你陶醉在这唯美安逸、隐逸悠闲和奢靡的审美里，真的是老了吗？

2011-04

大美新疆

导游说新疆有 800 个深圳那么大，经此一比，顿感惊讶。从乌鲁木齐去可可托海 500 多千米，一天的时间都在车上，但车窗外都是风景啊！大漠、荒滩、戈壁、雪山，奇特的雅丹地貌，远远的阿尔泰山，如此宏大无边的境界，仿佛天空的云彩也长出了翅膀。就连那落入大漠地平线下的夕阳，似乎也在燃烧整个地球。太阳为何如此钟情新疆，21:30 还挂在天上。这片土地上的生命都在延长。

你的视线不知疲倦地看着戈壁荒漠的海洋，雕刻着风与沙铿锵的音符，有的像巨大的扇贝，有的像礁石撞击的浪花，是强劲的西北风吹来了瀚海的辽阔，你听到了阔大恢宏、气势磅礴的旋律。一道道风静下来就躺在阳光里，做着荒野神灵才有的梦。梦中它们仍不停地变换着形状：小沙滩、戈壁、梭梭草、红柳、骆驼刺、胡杨……车到富蕴，看到了美丽的桦树林、可可托海、额尔齐斯大峡谷，闪亮的溪流穿行在树林里，带上欢腾和喜悦去敲响神钟山。夜宿北屯。

新的一天往禾木。过牧区，这里是山地草原。风吹白云，草已稀黄，转场的牛羊在山坡上。汽车下山，蜿蜒曲折的盘山路，阿尔泰山的云杉、冷杉、白桦如挺拔的哨兵，从山顶一直送你们到山谷。禾木村是图瓦人古老的村落，禾木河带着千年冰川刨蚀的记忆哗哗流淌，两岸是野生的桦树。走过禾木木桥，对面就是哈登观景台，拾级而上，可以俯瞰整个禾木村。而你更喜欢的是那些逶迤平缓的山，它们站在开阔的平台上酷似舞台经典的背景，似乎在无数影视剧中看过。但置身其中，你的精气神立刻与这山脉贯通，仿佛藏在花草里的精灵在围绕你旋转，牧人放飞的金雕也在教你飞翔。你开始自由起舞，释放压抑的情绪，全身心陶醉在大自然的怀抱里。然后坐在凉棚里发呆，用手抚摸着马儿的脸，跟它说，你多想留在这里做一个牧马人啊！它温顺地听着，但显然思绪没在你的话里。它有它的心事，可能在想骑马的人，或那一片开满花的草地。

离开禾木，19:30 的太阳还亮晃晃照耀着阿尔泰山的森林，牛羊还在山坡上吃草。夜宿贾登峪。第二天清晨到喀纳斯湖景区的门口了，你对这里的神秘怀揣着憧憬。

导游指着满是落叶的池塘逗大家，"这就是喀纳斯湖"。你懒得和大伙儿在塘边忙着拍倒影。你琢磨着夕阳里像塔的云杉、像伞的冷杉，在斜坡上画着神奇的绿色阴影，或许它们就是树的神经，闪着幽暗的绿光；或许是树的根在大地上显形。

当翡翠般的喀纳斯湖扑入眼帘，你半天回不过神来，好像脑神经被它狠狠撞击了，嘴里喃喃地说："喀纳斯湖我来啦！喀纳斯湖我来啦！"

脱离蜂拥而至挨着打卡的游人，悄悄拐入往上游的湖岸木道。森林里几乎没人，很安静，仔细认着路边高大的欧洲山杨、西伯利亚云杉、疣枝桦，详细看着树上牌子的文字介绍。走着走着，又看得到喀纳斯湖了。湖水轻柔拍打湖岸，银灰色的树干、树根浸泡在水里，它们可能有几十年、上百年甚至更久远，仍以另外一种方式成活着，充满灵性，和水草一起闪耀着奇幻的冰川的色彩。莫非它们和周围的山脉一起沉浸在冰川刨蚀的记忆里，莫非是喀纳斯湖的湖怪在看护它们。导游曾问信不信有湖怪，当然信啊，就是想看到湖怪。一路的美景，各种神奇事物，更丰富了你对湖怪的想象。你信这湖怪是当地图瓦人的守护神，喀纳斯湖是湖怪最好的栖息之地。如果神灵在图瓦人心里，就不要去打扰。从喀纳斯湖到布尔津，到乌伦古湖魔鬼城，湖怪一直在你心里生长。下次再来时能看到它吗？

短短的八天北疆之游，激活了处于冬眠状态的你。从未有过如此喜悦，因为你内心还有一个深深的新疆情结。

40年前，大学毕业时，你找到系党委书记说你向往去新疆支边，书记笑着说你的故乡鄂西山区也是"老少边穷"地区。回故乡工作后，你还收到了新疆克拉玛依石油管理局党校的商调函。父母当然反对。很多年后母亲还问你，如果当初去了新疆，你会是什么样了？你说眼界和胸怀肯定不一样。因为那时你觉得人不能像一颗钉子一辈子钉在地球的一个点上，那样是会生锈的。

后来读到了刘亮程发表在《人民文学》上的散文，直觉告诉你他的作品不是写出来的，是大漠戈壁黄沙梁里长出来的，是浩瀚无际广袤空间的神灵托梦于他的。你甚至想，如果自己生活在新疆，与那块土地的神山圣水有了沟通，会不会也写出不同凡响的文字呢？

来深圳后，很少想到新疆。但儿子找了一个在新疆长大的姑娘结婚，这有点意思，也许是老天的安排吧。有次儿媳妇还给你寄来了刘亮程、李娟的作品。再后来不爱看电视剧

的你喜欢上了新疆的演员——迪丽热巴，追看她演的电视剧
《幸福，触手可及》。

　　新疆的万事万物都在对生命做着崭新的诠释。身临其境，
你陡然发现这三年失去了应有的生命活力。生活琐碎、狭隘、
窄小，人非得来这辽阔的天地才能感受到身心的解放和心灵
的自由。当你和天地一体，生命就有了无比开阔的意境和无
限的可能。

2023-09

V

酒 庄

1

五月明亮的阳光，在屋顶、树枝、空地上晃动，把你的思绪晃入另一个时空。四年前（2016年）和儿子在美国加州酒庄。你又看到他不紧不慢锁好车门，戴着墨镜，迈着矫健的步伐，穿过停车场。挺拔的身姿和自信在灼热的阳光里分外耀眼，那一刻，你感觉儿子真的长大了，如他自己所说，是一个能独行天下的男子汉。

儿子在美国科罗拉多州瑞吉酒店实习了一年，回国前他要了解加州的葡萄酒庄。你从深圳赶去，同游的还有他瑞士的同学杨帆，正在美国佛罗里达州实习。你们三人在旧金山机场会合。儿子在机场租了一辆越野车，开始了一个月的巡游。

他刚拿到美国的驾照，仅有10多个小时的驾龄，但看上去很老练，车开得平稳。导航仪的英文引导也很好听。杨帆坐在前排，帮着观察路线，配合默契。

印象最深的是第五天你们去 Ridge 酒庄（山脊酒庄），位于美国加州圣克鲁斯山脉上，海拔750米。山势陡峭，天下着细雨，蜿蜒曲折的山路有点滑。路面十分狭窄，如果迎面有车来，必须倒车在宽点的地方停下。你觉得比家乡的大山顶还险峻，压低嗓子提醒他开慢一点。杨帆说："阿姨不用担心，淙哥稳重呢，在学校我们都叫他老干部。"天啦！在这小姑娘眼里他居然是个老干部。你也只好把生死置之度外，一个多小时顺利到达山顶酒庄。

房间里挂满了珍贵的历史照片。来了七八个老外，都是葡萄酒爱好者。主人介绍了酒庄 120 年的悠久历史，你们参观了酒窖，然后去到山顶最出色的葡萄园。这里是加州最冷的赤霞珠产区，园内土壤为排水甚佳的石灰岩，主要种植赤霞珠和霞多丽。1976 年巴黎盲品大赛上，他们的赤霞珠葡萄酒以一匹黑马杀出，从而闻名于世。这里的葡萄有一个凉爽漫长的生长期，质感好，得力于山顶充足的日照和湿润的海风。你站在山顶感受着太平洋吹过来的潮湿寒冷的风，在云雾缭绕中，隐隐约约能看到山下的城镇，然后大家去品酒屋——一座依山而立、造型优美的木质建筑。进屋，琳琅满目的酒杯已排好。儿子因开车只品不喝，忙着给每款酒做笔记并和主人交流。每款你都喝完，很尽兴。酒香令你陶醉，各种水果香味和淡淡的矿物香，很有层次感。可能喝酒让你放松，下山也不担惊害怕了。

又一日晚餐后，两个孩子去看电影。你在住所看儿子电脑里的照片和视频，看他滑雪、玩降落伞和单车速降。自行车从山顶往下俯冲，车轮在凹凸不平的石块上飞滚，看他撞上一棵大树，嘴里骂骂咧咧。用的英语，不知道骂的啥。看完他那危险刺激的运动，就明白开车对他简直算不了什么。这孩子从小就是一个玩家。你曾经给他做过心理测试；属于求新求变的冒险家型。

2

第一站圣克鲁斯。从机场开车一个半小时就到了住处。打开小院的门进入，是一套很漂亮的独栋别墅。门前是高大的乔木，有松树、樟树，如入森林，隐隐约约的车声才让你意识到公路就在不远处。木屋外配有木条凳，台阶上是盆栽的玉树、黄杨，多肉植物旁边还有一只石龟。你心里一震。离开深圳头一天去水库，在 200 米远处看到一只乌龟，当时奇怪水中的龟怎么跑到山坡上了，形态竟与这石龟一样。莫非是预示在这异国他乡有神龟迎接你？

客厅里有钢琴、壁炉、沙发，书柜上摆有鲜花，吧台上有主人送客人的红酒和入住告示，餐台上铺着绿色桌垫，顶上有天窗，采光很好，一切舒适雅致。主人把正屋出租，自己住后院偏房。后院有露天桌椅，还有一杂物间，堆满了各种工具。你们在这家住了六个晚上。

圣克鲁斯小镇位于 1 号公路边，背山面海。你们去了山脊酒庄，还去了附近的两家酒庄。

走上 1 号公路时，把车停在路边，穿越了一二里草地小径，展现在眼前的是一望无际的太平洋。陡峭的悬崖，海浪拍打礁石激起冲天的浪花，巨大的轰鸣声在蓝天大海间回荡。坐在礁石上看海鸥飞翔，与身边的海鸟互相好奇地打量，看阳光里迎风起伏的虎尾草、山桃草和不知名的野花。这段气势磅礴的海岸线几乎没有游客，遇到两个老外问路，可能和你们一样是不经意闯入者。

晚上去墨西哥餐厅，人气很旺，都是当地人，充满欢声笑语，桌上有大堆食物。顾客中胖的人很多。等到你们点的菜上桌，发现墨西哥餐分量真大。也学老外那样嗨吃，东西好吃，酒也好喝。

跟着孩子们总能找到正宗的意大利餐、法国餐、德国餐，是名副其实的美食葡萄酒文化游。每到一处住下，去超市买一大堆好吃的，虾仁、牛肉、牛奶、牛油果、面包、意大利面条、蓝莓、车厘子，等等，比国内便宜。不能带回国，就在这里多吃点。

离开圣克鲁斯前一天还去了圣克鲁斯国家公园。古老的原始森林，脚下全是腐殖土。可惜突然下起了小雨，大家沿着闪亮的溪流在雨中步行了一个半小时，然后回家。天有点冷，用上了壁炉。孩子们去看电影《美国队长》，你在家看儿子单车速降和滑雪的视频。

3

赶往卡梅尔小镇，参加卡梅尔葡萄酒美食节。小镇的居民都出来了，一条街撑满了红伞，人流摩肩擦踵。参展的还有俄罗斯人和印度人，酒商展示着自家的美酒、美食，客人随意取用。儿子忙着和酒家交谈，拍照记笔记，他因开车只品不喝，每款酒都吐掉。你和杨帆从街头喝到街尾。赤霞珠、霞多丽、长相思、黑皮诺几乎都喝了个遍，最喜欢吃的还是炸鱼块。然后端着酒杯，看小镇居民在舞台上即兴演奏，玩到最后，发现都是小镇上的老年人在跳广场舞。

住蒙特雷小镇。房主人是个年轻人，叫马克，出门旅游去了。人不在家就把房子出租，不让房子空着。美国人挣钱真行。

蒙特雷是个旅游和渔业小镇。码头上有很多帆船、海鲜市场，沿着海岸线漫步，有浅滩和礁石，可以看到小海豹，警示牌告知游人不要打扰它们，还特地用铁栅栏围起来。再往前有一处指示写着是当年华工登陆的旧址。海风把太平洋的壮阔和浩瀚阵阵吹来，想着100年前华工在美国的贡献和牺牲，你潜意识里莫名其妙地以为自己的前世是一个华工。因为在你看到旧金山第一眼，仿佛梦中来过，就像20年前你第一次去香港，那些楼宇让你似曾相识。

从蒙特雷到卡梅尔仅16千米。9号一大早，再次去卡梅尔小镇。前天忙着参加葡萄酒节，没好好欣赏。如果说蒙特雷小镇有美国的简洁质朴粗糙，那卡梅尔就是欧式精致的童话般的建筑。当初来这里安家落户的多是艺术家，每间小屋经他们设计，风格造型别具一格。不由赞叹由艺术家设计一座小镇，可以美到这个样子啊！

到处被鲜花点缀，有三色堇、紫罗兰、金鸡菊、蜡菊。你们去到一家绿意盎然的餐厅，在松树绿荫下吃了汉堡、薯条。服务员两次过来问是否满意，还有什么需要，真是周到。餐后儿子去看葡萄酒。你和杨帆逛画室、时装精品店、古董店、工艺品橱窗。她买了一件卫衣，你买了COACH钱包、润肤霜，逛累了就去喝咖啡。

卡梅尔小镇的精华集中于2.8平方千米的地盘，主街是海洋大道，从上往下走到底，就到了小镇的海滩。银色的沙滩上有两棵巨大的榕树在入口处，像一个天然的拱门。太阳已偏西，从铅色的云块中透出光芒，辽阔的大洋在厚重的云幕下颤动着。小镇的居民抱着孩子、牵着狗，站在沙滩上眺望大海。你脑海里闪出复活节岛上的石像。儿子坐在沙堆上发呆，你和帆帆忙着拍照。你摆出姿势，看着100米处一个妇女在水边遛狗。不知为何，那条狗直朝你跑来，仿佛见到了老朋友，扑到你身上，想抱住你，吓得你张开双手。帆帆抓拍到这个镜头。直到现在你都觉得怪异，海滩上那么多人，它为什么直冲你奔来？你每次细看那张照片，狗狗后面的大海似乎不像真的，像一个灵异的世界。那一瞬间它是从哪儿来的？你一直忘不了那狗狗温柔的眼神，它好像认识你。

4

　　告别蒙特雷，继续向南，走 1 号公路去圣塔芭芭拉。儿子说今天的路途远一点，路上要五六个小时吧。美国 1 号公路也叫太平洋海洋公路，在旧金山和洛杉矶之间，它是世界上最美的一条公路之一。一侧是连绵起伏的山，一侧是惊涛拍岸的海。往南行驶正靠海岸一侧，车可直接在观景台停靠。整个路面原生态，很少看到护栏，感觉车就贴着海的悬崖边行驶。整个大洋在自己脚下，那种居高临下、极目仰天舒的喜悦，无法形容。一切都放大了，连同你的眼界心胸。但仍不忘体察细小的事物，脚下的野花野草，道旁大石块下的松鼠，让你拍个够。注目悬崖上的灌木丛，它们不像野花野草轻盈起舞，而是匍匐于石缝间，低姿态享受着大洋的暖风，仿佛说我就是风的形象。最引人注目的依然是海滩上的礁石，有的舒展，有的峥嵘，不知疲倦地雕刻着浪花。忽然前面的车慢了下来，从这个制高点往下看，蜿蜒的道路像一条亚麻色飘带，被太平洋的风托起缓缓落入海平面。

　　车从山顶下到山脚。步行在湿地的栈道上，看到了海滩，看到了海象。这些海象真丑！圆筒形、肉坨坨，皮肤又厚又皱，眼睛小，没外耳，脖子下还有气囊。看那一家大小，还在沙滩上滚得欢呢。沿曲折的栈道继续向前，哇，百米长阵，仰卧的、侧卧的，一只挨一只，都在睡大觉，灰白一片，一动不动，不由想到"尸横遍野"一词。其实按海象的习性，它们喜欢在冰上睡觉，因气候变暖冰川融化，才只能挤到沙滩上了。

离开海洋路，车往山上开。这些山好漂亮，不是老家长满枞树、水杉带着神秘气息的山，也不是挪威被冰川切割到处是溪流和瀑布的平顶山。这些山上长的全是草，深黄浅黄色的草，它们的轮廓和线条极其柔和，光和影施展出无限的魅力，与山峰和山谷在蓝天下吟唱着海风流畅的旋律。

然后沿着盘山路下山，远远看见圣塔芭芭拉在海边熠熠生辉，在暮色里向你们招手。

5

　　圣塔芭芭拉是一个海滨城市，你们住在半山腰一个别墅区。次日开车十多分钟到市中心，找了一家德国餐厅。第一次吃德国香肠，觉得味道不错。印象最深的是，这家餐厅有着古堡里的那种石拱形玻璃窗。坐在楼上，透过墙洞看外面的街景，下面正好是红绿灯斑马线，看老外背着包推着婴儿车或牵着孩子来来往往。

　　儿子照例是要去品酒屋看酒。你和杨帆满街乱逛，然后开车去著名的码头。木栈道像吊桥，走在上面有晃动的感觉，尽头有漂亮的酒吧、咖啡屋、礼品店。海天蔚蓝，阳光耀眼，水上运动和沙滩游玩的人不少。远处的圣塔耶兹山脉一片辉煌。

　　圣塔芭芭拉有海滩、山丘、红顶白墙的西班牙建筑，石油钻探、渔业、军工都较发达，还有以沙滩为主导的旅游业。到了20世纪60年代，酒农酒商才开始在周围的山谷种植葡萄，著名的产区有圣玛丽亚谷、圣丽塔山、圣内兹谷等。

　　第二天，去圣内滋谷的两个酒庄，来去都是那种又直又陡的山路，感觉车是在往天上开。Rusack 酒庄聘用了纳帕谷经验丰富的酿酒师来酿造他们的葡萄酒，酿酒师建议他们从土壤和气候匹配方面选择最适合的葡萄品种，重新种植葡萄园，并调整了酿酒步骤，使他们的酒超过纳帕谷任何酒的出品水准。

　　坐在葡萄园的凉棚里，不远处有棵高大茂盛的垂柳，正午的阳光下它满腹心思。这满坡由木桩支撑的葡萄，现在正

▲ 美国·丹麦城

是结籽的季节，到了秋天，成熟的果实经工人采摘、破皮、压榨、发酵，遇到最好的酿酒师，这些产区就出名了。

山上有个丹麦城 Solvang，Solvang 源自丹麦语，意思是充满阳光的土地。笔直的一条街，惊喜的光芒瞬间照亮你的眼，仿佛是丹麦移民把童话故事搬到这山上来了。棱角、尖顶、半木结构的房屋，风车、古堡式的哈姆莱特广场，连镇上的消防站都是一栋别致的建筑，古董店、糕饼店、工艺品、品酒屋都别具一格，还有随处可见的观光游客，洋溢着一派浪漫的北欧风光，有那么一会儿你以为自己在欧洲了。

6

13 号去植物园，这是一个椭圆形的山谷，里面有奇花异草，古树参天，谷底全是漂亮的大石头，你在此久坐冥想。然后又去市区的酒屋，一个小伙子从酒窖里给你们拿了一款很好喝的霞多丽。买了几支，顺便给纽约的大玖寄出一支。后来她说太喜欢了，还问儿子能在什么地方买到。可惜这是当地小产量酒，外面买不到。

14 号返程，往硅谷，见到了又敏的儿子刘辰。他从上海交大毕业后到美国普渡大学读研究生，留在硅谷工作。好几年没见，孩子健壮成熟了。开车带你们游斯坦福大学、谷歌公司、苹果公司，细致又周到。

第二天去安戈老师家，她孩子也在硅谷工作，买了别墅，她过来帮儿子打理花园。她和老伴为你们做了一桌地道的湖南家乡菜，顿时有归家的感觉。

7

离开圣何塞，过金门大桥，以大桥为背景拍了照。近中午到了 Santa Rosa 小镇，可能到达早了一点，房东还未清洁房间。你们便去街心公园，在树荫草地上休息。大中午公园里人很少，一个怪模怪样又唱又跳的人从身边路过，看上去有点神经，还有一个走路怪异的胖子，远处还坐着一个流浪汉。你有点紧张，儿子说别看他们。不敢久留，找到超市，买了食品，回到新家。

这房东是个收藏家。家里的墙上挂着二十世纪二三十年代的画，老式的沙发、电扇、缝纫机、留声机、老唱片和一些叫不出名字的玩意儿。厨房很实用，铁皮桌、冰箱居然是黑色的。卧室窗外有一道院墙，阳光在树木、青草上缓缓移动，纱窗上有只漂亮的昆虫，小昆虫是来关照你们的吗？久违的一份安宁涌上心头。

晚上去了镇上一家法式餐厅，只有当地人，东西很好吃。来回半个小时的路程，沿途看各家的花园争妍斗艳，有高过人头的仙人掌、仙人柱，有一家门口还挂着小小图书箱，供邻居借阅。

第二天早起锻炼，晨光洒在多肉植物的花架上。打开儿子的《美国葡萄酒地图》，今天要去俄罗斯河谷的两个酒庄，这个产区因霞多丽和黑皮诺闻名。

早午餐后你们先去 Merry Edwards 酒庄。Edwards 是加州第一个女酿酒师，有五片葡萄园，现在由她的儿子们照料。

主人问两个年轻人满 18 岁没有？在美国未成年人是不能喝酒的。不知为何孩子在老美眼里总是显得比实际年纪小？然后主人开玩笑问你有多大，知道你从中国来，还让你教了他几句中文。参观了他们小巧精致的陈列室后，你们翻过一个小山丘，在山顶看到了用篱笆围着的农家饲养场，有鹿、有牛羊、有方形塔式金色的草垛。山上种有樟树、石榴树，有木桌、条凳供人休息。四下无人，下到山谷就到 Iron Horse Vineyard。

午后斜阳铺满山谷。一座露天木头长廊式酒吧里有不少的人，端着酒杯站着或靠着柜台，聊着天儿，看风景。

Iron Horse Vineyard 是由 Sterling 家族在 1978 年创办的，他们酿造了加州最出色的一些起泡酒，同样也酿造了静态的霞多丽和黑皮诺葡萄酒。两个年轻人在吧台跟主人聊天，品香槟。吧台是两桶葡萄酒之间搭起的长木板，自然朴素，浑然天成。外面也有酒桶间搭的长木板，桶上堆放着白色报春花，清新雅致。你在吧台外眺望一望无际的葡萄园，虽然五月还看不到成串的葡萄，但想想那些翠绿的藤叶正在阳光里编织色彩斑斓的梦，一个高雅又奢侈的梦。金黄的垄沟在山谷流淌，伸向淡蓝色的远方……

8

离开索诺玛产区，前往向往已久的纳帕谷。

汽车钻进了林木茂盛的盘山路，40多分钟的车程就到了鹿跃酒庄（Stags Leap）。宇杰和他妻子王菲、朋友雨晨都从纽约过来，大家在鹿跃会合了。宇杰是儿子从小要好的伙伴，雨晨也是深圳的孩子，学计算机软件的。

鹿跃酒庄每天都有几十个预约，给游客提供食物和葡萄酒。工作人员带大家去品酒屋了解酒庄的文化历史，然后参观葡萄园，看遍布山谷的葡萄。想着书上说纳帕谷的土壤相当复杂，研究者在这里找到了33种不同的土壤类型，有火山土，古老的海底河床，数百万年前由火山喷发、板块运动、洪水和风蚀形成的沉积石，但正因为此，造就了纳帕谷的葡萄的独特性。另外区域气候、微气候、海拔、葡萄园朝向、灌溉系统等对纳帕谷的葡萄的质量和特点，也有重大影响。

然后去到鹦哥酒庄（Inglenook），这是你见过的最豪华、最金碧辉煌的酒庄，酒就像艺术品和古董一样在奢华的酒柜中展示。葡萄酒的价值本来也和艺术品古董一样，由人们愿意支付的价格决定。一边在幽暗古朴的氛围里品酒，一边听侍酒师讲酒庄的故事。

鹦哥酒庄的传奇故事始于1879年，芬兰人古斯塔夫是一个船长，同时是非常优秀的葡萄酒鉴赏家。他引进了欧洲优质葡萄藤，建了在当时可与欧洲顶级的葡萄酒庄比美的酒庄。

鹦哥酒庄致力于用最高的标准酿出顶级葡萄酒，他家的酒被公认为纳帕谷首屈一指。酒庄的红葡萄酒多用橡木桶陈酿，其中有一些还会同时使用美国新橡木桶和法国新橡木桶，造就了非凡的风格和品质。

酒窖深长，无数的橡木桶在历史悠长的隧道里散发出思古之幽香。

那位年轻的侍酒师和儿子谈得很多。告别时他说他喜欢中国，中国人多，他想去中国上海工作。

9

在 Joseph Phelps 酒庄，享受了一次自己调酒。菲尔普斯是纳帕谷的酿酒先驱，酒庄为大家准备了各类葡萄酒和一份他们的年份酒单，只需按上面的比例配制，就可得到自己喜欢的那款酒。当然你也可以根据自己对葡萄品种的理解随心所欲增减，调制自己喜欢的口味。

品酒需有嗅觉和味觉上的灵敏。看看酒单对酒的描绘吧：

"金银花的香味伴随着青苹果和陈皮的味道，由于酒糟上的陈酿而有奶油般的口感。"

"新鲜桃子、蜜瓜和柠檬的香味，口感呈现出橘子、酸橙、哈密瓜、姜糖的浓缩味道。"

▲ 美国·卡内罗斯酒庄

"在石榴、草莓、新鲜玫瑰中散发出芳香，口感多汁丰富，富含黑樱桃、李子和摩卡，但是酸度活泼，有明显的白胡椒和丁香花味。"

如果是调酒，要知道酿酒的葡萄比例，还要具备酿酒葡萄的知识。比如赤霞珠的典型香气：黑加仑、黑醋栗、樱桃、青椒、烟熏、香肠、咖啡、雪松等橡木带来的风味；陈年之后，还会有菌菇类、干树叶、动物皮毛和矿物的味。

哈哈哈，弄不清楚，到底是因为这些知识训练了大师们的酒鼻子，还是那些气味真的就在里面？

味觉也如此。它们都掺和了主观感觉，很难客观化。这真是一个物质和意识的哲学问题。

学习调酒后，你们去卡内罗斯酒庄吃午餐。Domaine Carneros 最著名的是起泡酒。它有著名的法式城堡建筑，城堡虽无古气，但因为城堡建在坡上，地理位置极好。拾级而上，坐在城堡外面阳台，看远处的垂柳、杨树、池塘、葡萄园，更远处是绵延起伏的青山。喝香槟看风景，可爱的鸽子到餐桌上啄食，好像也要加入你们的聊天。

10

一路上的住宿和酒庄观光，都是儿子设计预定的，安全舒适，内容丰富，很专业，很内行。

宇杰他们来后，租索诺玛的独栋别墅，有森林和泳池。孩子们做了丰盛的晚餐，有烤羊排、烧牛肉、炒胡萝卜、水煮玉米、炒芹菜、蛋汤。雨晨虽是理工男，却做得一手好菜，晚餐都是他的杰作。

第二日晚，经纬和梦莲小两口从旧金山开车过来了，他也是儿子的高中同学。儿子拿出他一路收集来的好酒款待朋友，并奉上侍酒师的专业服务。年轻人欢聚一堂，睡得晚。你一觉醒来一点多钟了，发现孩子们在 AA 制结账，三天两晚的住宿、饮食、参观人均消费了 555 美元。

你和王菲为大家准备早餐，烙麦饼、熏肉、煎鸡蛋。早餐完大家收拾行李，驾车赴奥克维尔产区的罗伯特·蒙大维酒庄。

这是最具标志性的酒庄，像一座宏伟的修道院。孩子们去品酒，你则愿意一个人在长廊和院子里随意观看拍照。

罗伯特·蒙大维是享受美酒、美食以及音乐艺术的集大成者，他于 2008 年 94 岁高龄时去世。据说在加州找不到第二个人拥有蒙大维这样的激情、经历、欲望、自信、国际人脉和包容的精神，来全身心地投入到他推广加州葡萄酒的事业中。参观他的酒庄是来纳帕谷的必需项目，在酒庄观光、教育、演唱会和名厨系列活动中，他都为纳帕谷设立了新的高度。

从酒庄出来，刚好看到葡萄酒观光列车到站。去小镇的 Botteca 餐厅午餐，4:00 左右用餐完，是和朋友道别的时候了。宇杰他们三人回纽约，经纬小两口回旧金山。儿子的微笑有点伤感，这毕竟是他在美国最后的日子，他特别精心安排了这次活动。

你们开车往新的住处，三个人又回到了自己的小圈子，都默默无语。儿子选择了山下的平路，虽然远点，但风景好看。

纳帕谷从南到北约 50 千米长，从东到西约 8 千米宽，葡萄园分别分布在纳帕河岸两侧，蔓延到台地上再到山脚，甚至到山上海拔 800 米的地方。

午后的阳光柔和又明亮，将纳帕谷的远山、河流、葡萄园放入了层次分明的云层，而道路两旁的金棕色的草像奔腾的烈马的鬃毛，飘荡着美国风俗画的欲望。再见了，纳帕！再见了，加州红酒的灵魂！你的浓烈和奢华令人永远难忘。

11

很顺利找到了新家，女主人已等候在那里，她金发碧眼，戴着金丝眼镜和漂亮的草帽，穿着棉麻质地的绿衣、白裤，肤色被太阳晒得红红的，年龄50岁左右，一看就是很知性的女性。她很热情，详细地给你们介绍了房子的陈设、注意事项和周边的酒庄以及去小镇购物的路线。

早起，院子的露台真宽敞，四周是布满苔藓的大树、古藤，有悦耳的流水声，透过栏杆边的树枝看到石坎下闪闪发光的溪流。阳光偷窥着溪水中的石头和水草的秘密，一定有路可以通到那里，等孩子们起床了去水边看看。做完操身心松弛，斑驳的绿荫抚摸着你的慵懒。你想这两天好好休整一下，哪儿也不去了。

在露台的桌上补记这几日的行程，无力写出新鲜的句子，感觉迟钝了？你看到了内心的不安。它源于你对葡萄酒的不理解？对儿子工作的担心？西方葡萄酒文化里与生俱来有一种贵族气，它植根于欧洲人的浪漫、热烈、奔放和奢华。与中国文化熏陶出的内敛、温和、隐忍在碰撞，海风和凉雾滋润的葡萄园总让你想起从小就熟悉的茶园，清香苦涩的茶更贴近中国人的性格和生活，粗茶淡饭从心理和精神层面对社会更有益。当然年轻人不一定赞同，他们有自己的理想和追求。你想起美国电影《杯酒人生》里的女主角玛雅说的那段话："酒是有灵魂的，我喜欢去思考葡萄生长的那年发生的事情，那些照料并摘取葡萄的人的生活。这酒是有生命的，它会不断地生长。"这不是品酒，是在品味人生。希望在这条道路上有追求的孩子能够借着它品出人生的美好。

12

23号前往旧金山，中午逛街购物，晚上经纬请吃日本菜；24号继续在旧金山购物；25号送帆帆去机场回佛罗里达，下午驱车去渔人码头；26号收拾行李，去超市，去经纬处取回滑雪板，下午6:00左右直奔机场。还车时儿子最后看一眼陪伴了20多天的越野车，有点恋恋不舍。从车库出来，夕阳里的机场一片辉煌。他如释重负，满脸轻松惬意地站在车厢里。

进了航站楼，时间尚早，整理一下行李。他突然嘀咕："我的护照不见了，是不是落在房东家里了？"你如坠深渊，但安慰他，别急，仔细找找。你坐到一边不去妨碍他，心里却盘算着怎么取回护照，如何改签，几分钟如同几个小时一样漫长。他终于在背包顶里面的兜里找到了护照。真心疼孩子，累糊涂了。吃了晚餐，过安检，又见到了丹妮和她妈妈。

你和丹妮的妈妈一起来美国的。原以为两个在一起实习的孩子会带你们一起玩，没想到他们设计了不同的路线。丹妮带她妈妈把美国游遍，而你把加州酒庄的酒喝了个够，让你们奇怪的是孩子们怎么就不知道折中一下呢？

13

往事如酒。隔了四年，你今天才打开这瓶酒。味道是不是有点变啊？ 近期补写游记，打发时光。

2020-05

冬
眠

VI

大　海

1

这是一片外海
最早迎接太阳
地球上伟大的君王
高挂你额前
沉静地把你审视打量

你的房子像艘巨轮
无论在阳台、客厅、卧室
海水都在眼前激荡
你站在巨轮的顶上
于至暗时刻
渴望一场台风
爆发出雷霆万钧的力量

海在默默叹息
沙滩的烟花如此绚丽
是谁忘了昔日的荒凉
忘了霞光涌动的诗意
风扛着大海飞扬的战旗
礁石搏击浪涛拥抱天际
人却听不懂海的言语

夜深人静

海神披着黑色斗篷

在天穹厮杀呐喊

伟大的力量在传递

黑暗包罗万象

你庆幸自己

获得了一个新的牢房

▲ 广东惠州· 双月湾

你的灵魂扎根在山里，与大海有遥远的距离。当你面对这片辽阔的海洋，一个声音在你耳边轻语："守着我吧，这样你可以枕着涛声和我在一起。"

你便在海边拥有了自己的一间房子。可一拥有，台风海啸电闪雷鸣，却令你心生恐惧。

近年来的生活，总充满了荒诞和焦虑。再次来到海边，心境大变。既然不能回到从前，就自我放逐，陪伴猎猎作响的海风和永不停息的潮起潮落。

　　醒得比平时早。东方一片红色烟雾神奇壮丽，如烟霞笼罩的西奈山，上帝的宇宙飞船正降落于此。你想起《圣经》里的《出埃及记》。

　　摩西在山上静修了 40 个昼夜。当时山上浓云密布，雷鸣电闪，"耶和华在火中降于山上""遍山大地震动"，"十诫"就是在这样非凡的气势下颁布的。这是上帝第一次（也是唯一一次）出现在以色列人面前。2000 多年过去了，人并没有遵守十诫。人性也没有变好，世界正在毁灭的边缘。

　　霞光越来越亮，厚重的云彩化作闪亮的金色道路，伟大的君主，正驾着它的战车赶来。你以为它会从那片最红最亮的云彩里出现，它却在乌蓝的云层中画出了深红的弧线。上升扩大，温柔宁静到了极致，庄严肃穆到了极致。此刻它是整个天宇里崭新的君王，清新饱满。海滩上早起的人，站得笔直，在向它行注目礼。

　　上午坐在客厅里对着大海发呆。远处的小船在劈波斩浪，你不想靠近，沙滩上的游人在浪花中嬉闹，你也不想靠近。

　　你走到阳台观海水的变化，看它在阳光里五颜六色。每一朵浪花，如冲上岸的水兵，行进的路线却无规律可循。

　　大海消失在雨中，越发神秘了，只能看到海浪一条白线，沙滩出奇地宁静。周末，大厅里来了很多年轻人，泳池灯火闪亮。但没人的喧嚣，林间的风声、雨声和海涛的声音，格外好听。你尽情想着恐怖狰狞的海水，想着海底的黑潮和海怪，

▲ 广东惠州·双月湾

想着海洋深处的神秘，觉得自己潜入了大海，并且很安全。

4

房间一片黑暗，闭目打坐，放松呼吸。

漂浮在大海的波浪中，自我消失。

涛声里有烟花绽放，焰火化作星光，化作海水里跳跃的精灵，星星和海浪一起呼吸，你沉沉睡去。

凌晨 1:00，海风将你吹醒，也将陌生的星座吹醒。与都市里看到的不一样，大颗的星星，唾手可摘。地球在急速旋转啊！摇落无数星辰，摇落时间和记忆。

人生活在同一座城市，漠然如星空，彼此隔离，不通音讯。不记得第一次看到海的惊喜，不记得第一次海浪没过头顶的恐惧。记忆被海风无数次卷过，过往的数据几乎丢失，被大海收藏，如穿透云层的光，画出天际线，一切在那里，一切又不在。

5

你想着老人与海，人的生命是个传奇。大海——生命的摇篮，永恒孤独，日日常新。

拥有一片海意味着，你的目光随时从手头单调乏味的日常琐事转移，对宇宙生出无限敬意。

拥有一片海意味着，每天迎接太阳，驱逐心中的黑暗，活着就要接受太阳这个伟大君王的审判。

拥有一片海意味着无惧惊涛骇浪，从大海中汲取魅力，勇敢地生活、战斗、不逃避。

拥有一片海意味着太多，意味着你对生命、时间、自我的探索同大海一样辽阔。

6

你的房子像停泊的巨轮，站在阳台看向东北，有礁石环绕；草木茂盛，山岛竦峙，日夜喧嚣，奔腾不息。昔日它在你心里是扛着大海这面飞扬的战旗，为荒郊野岭呼风唤雨的勇士。如今它已经被开膛破肚，在它心脏的地方建起了礁石酒吧，那里有斜行电梯、海浪吧、礼堂、礁石廊桥、礁石栈道、空中栈道。你可以在栈道上摆拍跳入大海的背影，虽然你无法获得跳进大海的自由，但你还可以登上观光塔，看劈波斩浪的摩托艇、海上降落伞、沙滩摩托，这里俨然成了海上游乐场。但不妨碍你大脑里双月湾海岸线的倩影。

现在沿着这海岸线散步，时不时看到被海水冲上来的塑料瓶、饮料盒、泡沫箱、死鱼，还有一只男人的拖鞋……沙滩不再是过去混杂着破碎的贝壳和漂亮的小石子，像盐晶一样的沙子，而是泥沙，海浪冲上来留下一道道黑色的淤泥。

沙滩上的秋千看着孩子专心致志地建城堡，父亲说等海浪把你的城堡冲垮，我们就回酒店。

海边高楼拔地而起，一幢连着一幢，冷清地亮着几盏灯，寂寞地等待中秋的客人。棕榈树掩映的私人别墅，铁门紧闭，没有灯光。露兜树怀里还藏着上次的台风。

你想着月出东山之上，面对万顷碧波，中秋的月光会美化这被污染的海岸，连同礁石酒吧和上面的吊车，都将幻化成中世纪的城堡……

2023-09

后 记

对时间一直有些好奇。想看透时间的表象，它是我的主观意识，还是客观存在？对它的把握，是根据事物在空间中的运动，还是根据它在我意识中的显现或我的体验？最终我们会发现自己就是时间。我们生命中发生和进行的事件，由神经元连接产生的记忆就是我们独特的时间。

人能感知时间，是因为人能记得过去的事，能预期未来。人害怕衰老，因为衰老意味着失去对过去痕迹的记忆。刚退休时就想记录一下自己是如何变老的，便有了书中的"秋光"和"落日"这两章。

沉浸于写作，听时间飞逝。往往是笔尖跟不上思维，上一句没写完，下一个念头汹涌而至，又转瞬即逝。如同光既是粒子又是波，莫非我的念头像薛定谔的猫处于又死又活的状态？以为时间平滑且连续，或许就是错觉，意识不过是瞬时概念，一堆并不连贯的碎片。我把这些碎片串起来就是我的时间。

这三年我像风儿一样在树林里游走，按照山川草木、石头飞鸟的样子来记录时间。在冬眠的宁静里，收获了时间馈赠给我的这份礼物。

蘅芷

2023 年立秋